Das magische Bild

Von

Nick Graupner und
Florian Fink

1. Geschwisterliebe

„Es war jeden Tag immer derselbe Müll:
Aufstehen, Schule, Aufwaschen und schlafen.
Langsam kotzt mich das echt an. Es wäre doch viel
besser, wenn man endlich ein bisschen
Abwechslung in dieses schnöde Leben bringen
könnte", sagte ich, währenddessen ich meinen Müll
mit gelangweilter Miene zur Mülltonne schaffte.
Mein Bruder lief nebenher und hörte mir mal
wieder dabei zu, wie ich Selbstgespräche führte
und mich über mein klägliches Leben aufregte.
„Na, hältst du wieder mal Selbstgespräche?", fragte
Justin.
„Sieh es doch mal so Justin: Ich bin 16 Jahre alt
und habe bis jetzt nichts in meinem Leben erreicht.
Noch nicht einmal das Seepferdchen habe ich
bestanden."
„Wenn du dich aber auch jedes Mal aufs Neue
selbst so runter machst, dann bist du selber daran
schuld. Fang doch erst mal ganz klein an: Suche dir
eine Freundin, konzentriere dich auf dein
Schulzeug und lese ein Buch, egal welches. Dann
hast du für den Anfang schon viel geschafft, Ben",
sagte er und gab diesen Ratschlag.
Das war wieder typisch mein Bruder: „Er gibt mir
gute Ratschläge und bietet mir Tipps fürs Leben an,
die er noch nicht einmal selbst befolgt. Gut, ok ...
das mit dem Buch stimmt. Ich lese überhaupt gar

nicht und er durchwälzt einen Brocken nach dem
anderen. Da könnte ich mir doch mal ein Beispiel
dran nehmen."
„Was hältst du davon, wenn du mich jetzt einfach
in Ruhe lässt, Justin. Dann kann ich in Ruhe meine
Arbeiten erledigen und du musst dir nicht mein
langweiliges Gesülze anhören", sagte ich, den Kopf
zur Hälfte in der Mülltonne steckend.
„Oh Mann, jetzt fängst du schon wieder damit an.
Jedes Mal, wenn ich gute Ratschläge an dich
verteile, wirst du sauer und maulst mich voll. Das
nervt echt. Du lässt dir nichts sagen. Wenn nicht
alles nach deiner Pfeife tanzt, bist du wieder motzig
und aufbrausend."
„Geh jetzt und lass mir meine Ruhe! Ich bin nicht
launig, nicht motzig und ganz sicher auch nicht
aufbrausend! Ich bin nur genervt und wenn ich
genervt bin, kann ich deine Gegenwart nicht
gebrauchen. Gehe mir einfach aus den Augen!"

Dadurch, dass mein Kopf immer noch weit in der
Mülltonne steckte, weil ich gerade eben auch noch
aus Versehen mein Handy reingeschmissen habe,
klangen meine Worte sehr bedrohlich und
furchterregend. Eigentlich ganz witzig, aber dieser
Umstand war für unser Gespräch nicht wirklich
hilfreich. Es machte die Situation sogar noch ein
wenig schlimmer. Trotzig und angewidert von
meinen Worten ging Justin wieder ins Haus und
schloss sich in seinem Zimmer ein.
Erst jetzt fiel mir auf, dass ich gerade das getan
habe, was mein Bruder mir vor 30 Sekunden
vorgeworfen hat. Ich war aufbrausend und launig.

Nachdenklich hob ich den Kopf in die Höhe und schnupperte wieder die frische Landluft. Die Mülltonne stank wirklich bestialisch. Aber ich hatte mein Handy wieder, welches ich beim Müll wegbringen dummerweise in die Mülltonne habe fallen gelassen. Das war das Wichtigste.
Langsam lief ich in Richtung Haus, trottete die Treppe hoch und schloss die Tür auf. Ich ging in die Küche. Mir flogen tausende Gedanken durch den Kopf, aber einer kam immer wieder: Der, als mein kleiner Bruder gesagt hat: „Oh Mann, jetzt fängst du schon wieder an...“
Aber an einer Stelle brach es immer ab. Immer dort, wo Justin hinter der Mauer verschwand. Mittlerweile hatte ich mein Zimmer erreicht und mich in mein Bett geschmissen. Eigentlich war mein Bett immer der Ort, wo ich am besten nachdenken konnte. Aber heute irgendwie nicht.
„Vielleicht hilft ja ein bisschen Musik“, dachte ich laut.
Ich legte eine CD in mein Radio ein und beförderte mich mit einem Hechtsprung wieder ins Bett.
„Mann, was ist denn heute nur mit mir los? Sonst geht das doch immer voll gut – und heute? Dann geh ich halt auf den Dachboden.“
Ich tippte noch eine Nachricht in mein Handy, was immer noch nach vergammeltem Fleisch, braunen Äpfeln und Windeln stank -Mülltonne halt- und drückte auf senden.
Jetzt ging ich zur Wohnungstür und auf den Dachboden. Dort angekommen, setzte ich mich auf den Fußboden, der erfreulicherweise mit Teppich belegt war und begann nachzudenken.

2. Was war das?

Nach fast einer Stunde Nachdenken hatte ich
Hunger. An der Wand hing ein Bild mit Brötchen,
Milch und Honig, das verschärfte meinen Drang
endlich mal wieder etwas hinter die Kiemen zu
bekommen.
Also stand ich auf und ging hinunter in die Küche.
Und als ob ich es nicht geahnt hätte – da stand
Justin.
„Egal, du gehst jetzt in die Küche und ignorierst
ihn. So schwer kann das doch nicht sein", sagte ich
meinem inneren Schweinehund und setzte einen
Fuß vor den anderen.
Ich ging zum Schrank, holte mir zwei Brötchen und
ein Glas Schokolade raus, setzte mich an den Tisch
und begann meine Brötchen zu schmieren.
Plötzlich stand Justin hinter mir und stellte ein Glas
Milch auf den Tisch: „Hier, die ist für dich. Es tut
mir leid, was ich vorhin zu dir gesagt habe, aber du
hast dich in letzter Zeit echt verändert. Denk bitte
einmal darüber nach! Tu es für mich! Bitte!"
„Echt `ne tolle Entschuldigung von dir. Vor allem
entschuldigst du dich dafür, dass du mir die
Wahrheit gesagt hast. Echt intelligent von dir",
murmelte ich vor mich hin.
„Was hast du gerade gesagt?"
„Ist egal. Danke für die Milch."
Dann verschwand Justin durch die Wohnungstür
und ging vermutlich zu seinem Kumpel.
„Dann hab ich jetzt wenigstens meine Ruhe.

Zumindest bis Mama nach Hause kommt.“
Als ich fertig mit essen und trinken war, ging ich
raus in den Garten.
„Was soll ich jetzt nur machen? Ich kann ja nicht
den ganzen Tag auf irgendeinen Punkt starren und
nachdenken. Auf Hausaufgaben habe ich auch
keine Lust. Schule wird sowieso völlig
überbewertet. Alles was ich jetzt lerne, habe ich in
spätestens vier Wochen sowieso wieder vergessen.“
Ich legte mich auf die Wiese, schloss die Augen
und lauschte dem Gesang der Vögel.
Nach einiger Zeit wachte ich wieder auf. Es war
schon Abend geworden und die Dämmerung
veränderte das Blau des Himmels in ein
wunderschönes Rot bis Orange.
Ich ging wieder in die Küche. Wir aßen Abendbrot
und ich begab mich erneut auf den Dachboden.
Aber diesmal mit meinem Handy.
Als ich die Treppen aufstieg, hörte ich Geräusche
von oben zu mir runter hallen. Leise schlich ich die
Treppen rauf. Als ich oben ankam, konnte ich
meinen Augen kaum trauen.
Da stand Justin. Er starrte auf das Bild, das an der
Wand hing. Das, was vor ein paar Stunden den
Hunger in mir erweckt hatte.
Er sah das Bild mit einer so ernsten und finsteren
Miene an, dass es mir kalt den Rücken runter lief.
Ich ging einen Schritt vor, blieb aber sofort wieder
stehen. Denn plötzlich passierte etwas
Merkwürdiges.

Justin sprach eine Art Gedicht:

> So wie des Abends Morgen,
> versteht sich die Welt von Anfang an.
> Der Zivilisation ihre Sorgen,
> dauern auch im Vergangenen an.
> Oh du Sohn der Zukunft,
> Nimm mich ein,
> durch des Bildes heil´gen Schrein.

Auf einmal leuchtete es grell. Ich hielt mir die
Hand vor die Augen und plötzlich wurde mir
schwindlig. Mir wurde schwarz vor Augen. Ich
merkte nur noch, wie mein Kopf auf dem Teppich
aufschlug. Was war das? Was war passiert?

3. In einem fremden Land

Wind. Ich spürte Wind.
Sand. Ich hatte Sand und zwar überall. In der Hose,
in den Haaren. Einfach überall.
Ich hörte Wasser, das Rauschen des Meeres.

Hatte ich Halluzinationen?
Träumte ich?
Lebte ich?
Wieso konnte ich meine Augen nicht öffnen?

Wo war ich nur gelandet? Auf dem Dachboden war
ich auf jeden Fall nicht mehr.

Es wurde dann hell. Ich konnte schließlich ein Paar
Konturen erkennen. War das vor mir ein Haus?
Nein, ein Zelt. Menschen. Es standen ganz viele
Menschen um mich herum. Jetzt konnte ich sie
erkennen und dann meinen kleinen Bruder. Er
beugte sich über mich.

„JUSTIN!?", rief ich.
„Dasselbe könnte ich dich fragen. Wieso spionierst
du mir nach?", fragte Justin und verschränkte ein
wenig die Arme.
„Ich habe dir ja noch nicht einmal eine Frage
gestellt. Außerdem habe ich dir auch nicht nach
spioniert. Du weißt doch ganz genau, dass ich auf
dem Dachboden immer nachdenke. Aber wo sind
wir hier jetzt eigentlich?"
„Wir sind in Amerika."

„Genauer?", erwiderte ich dann.
„Du bist in Kanada. Also um genau zu sein, bist du
an der Atlantikküste. Du wurdest durch das Bild an
der Wand auf dem Dachboden mit mir
mitgebeamt."

Ich hatte mit fast allem gerechnet, aber nicht mit so
einem verwirrenden Gerede. Kanada und beamen.
Und dann noch durch das Bild mitgebeamt. Was
war hier los?

„Kann ich jetzt endlich aufwachen? Das ist
bestimmt nur ein dämlicher Traum", murmelte ich
vor mich hin.
„Ben! Ich verarsche dich jetzt nicht. Das ist alles
wahr."
Er nahm einen Eimer aus dem Zelt, der neben mir
in der prallen Sonne stand, ging hinunter zum Meer
und füllte ihn mit Wasser.
„Hier erfrische dich ein bisschen. Pass aber auf:
Das ist Salzwasser und schmeckt wirklich
widerlich."
„Nein danke. Ich will jetzt wieder zurück in die
Realität."
Justin hatte jetzt die Nase voll. Er nahm den Eimer,
kippte ihn mir ins Gesicht und warf den Leuten, die
um mich herum standen einen genervten Blick zu
und sagte: „Entweder du kommst jetzt mit mir mit
oder du bleibst hier an der Küste Kanadas sitzen
und stirbst, weil niemand kommt und dich abholt
oder dir etwas zu essen bringt. Komm jetzt einfach
mit und bewege deinen faulen Hintern."

Weiterhin ungläubig guckend, stand ich aus meiner
ohnehin sehr unbequemen Sitzposition auf und
ging meinem Bruder und den merkwürdigen
Leuten hinterher.
Wie die nur alle aussahen. Komplett nackt. Nur
eine Art Schürze hatten alle um. Und hinten war
gar nichts. Am liebsten wäre ich als Erster
gelaufen, um den Anblick nicht ertragen zu
müssen, aber ich hatte ja absolut keine Ahnung, wo
ich hin laufen sollte.

Also musste ich mich dem Grauen noch eine Weile
hingeben.
Das Zelt am Strand schien nur eine Art
Zwischenstation gewesen zu sein oder ein
Lagerplatz oder sowas in der Art. Auf jeden Fall
kamen wir nach einigen Minuten in ein Dorf aus
Zelten. Zelte? Nein, das waren keine normalen
Zelte. Das waren Indianerzelte, also Tipis.
„Justin, sind das echte Indianer?“
„Na klar. Was hast du denn gedacht? Bienen?
Elefanten? Das sind echte originale Indianer.“
„Gut dann können die mir vielleicht sicher zeigen,
wo hier der nächste Flughafen ist. Ich will nämlich
wieder nach Hause.“
„Tut mir leid Ben, damit wirst du kein Glück
haben. Hier gibt es keine Flughäfen und noch nicht
mal einen Hafen gibt es hier. Wir sind hier im noch
unentdeckten Amerika. Zumindest haben es die
Europäer noch nicht entdeckt. Das erste Schiff, was
hier von den Europäern anlegt, kommt erst
wahrscheinlich in zehn Jahren hier an.“
„Ich glaube, meinem kleinen Bruder bekam die

Sonne alles andere als gut. Jetzt hat er schon
Wahnvorstellungen", dachte ich.
Justin kehrte mir dann den Rücken zu und sprach
mit den Indianern. Allerdings konnte ich kein Wort
verstehen. Englisch war das nicht, was die
sprachen. Deutsch erst recht nicht.
Was war das dann für eine Sprache?
Auf einmal merkte ich, dass ich unglaublichen
Hunger und Durst hatte. Jetzt wo ich daran denken
musste, wurde mir zu allem Übel auch noch
schwindelig. Wahrscheinlich tat auch mir die
Sonne nicht all zu gut. Langsam torkelte ich zu
einem Baum, der in der Nähe stand.

Ich ließ mich an ihm herabsinken und merkte wie
sich etwas tief in meinen Rücken bohrte. „Aua,
was…?" Ich griff mir schnell an den Rücken.
Erst tat es wirklich weh, doch dann war der
Schmerz plötzlich weg. Die Welt wurde irgendwie
bunter. Am Himmel waren bis eben noch nicht
einmal Wolken zu sehen und jetzt plötzlich war er
grün, rot und blau gepunktet. Die Bäume, die in der
Nähe standen, waren plötzlich gelb geworden.
Komplett gelb.
Und mit einem Mal wurde mir wieder schwarz vor
Augen.

4. Nachtaktiv

Als ich wieder aufwachte, war es dunkel. Nur ein kleines Feuer brannte neben mir. Ich starrte nach oben und stellte fest, dass ich in einem dieser Zelte war. Ich musste einige Stunden geschlafen haben. Was das wohl war, was mich in einen solchen Tiefschlaf versetzt hatte? Keine Ahnung.
Auf jeden Fall konnte ich jetzt nicht mehr die Augen zumachen. Dafür war ich viel zu aufgeregt, weil es scheinbar doch alles Realität war. Ich befand mich tatsächlich in der Vergangenheit.
Ich brachte meinen Oberkörper in Schwung und hievte ihn in die Höhe. Selten ist es mir so schwer gefallen aufzustehen, ohne dass mich mein Wecker geweckt hatte.
Und wie ich da nun auf der scheinbar notdürftig zusammengezimmerten Pritsche saß, fiel mir mein Bruder ins Auge: Er schlief.
„Besser ich wecke ihn nicht", murmelte ich vor mich hin, „aber sinnlos herumliegen oder sitzen will ich auch nicht. Ich schaue mir mal ein bisschen die Gegend an. Oder zumindest das, was man in der Dunkelheit erkennen kann."
Leise schlich ich aus dem Tipi und ging ein paar Schritte.
Erst jetzt bemerkte ich, dass ich gar nichts mehr an hatte. Nur noch ein Band mit einem sehr großen Blatt hing unterhalb meines Bauches.
Schnell hielt ich meine Hände vor den Po, damit ihn keiner sehen konnte. Aber irgendwie war das sinnlos, weil das ganze Dorf im Tiefschlaf war.

Also nahm ich meine Hände wieder von dem Ort,
wo ich sie gerade reflexartig positioniert hatte und
ging wieder ein Stück.
„Ich glaube, es schlafen doch nicht alle", sprach ich
vor mich hin, „von dort hinten kommen nämlich
Geräusche, die wie ein Trampeln klingen."
Leise schlich ich mich näher an das Geräusch
heran. Nach ein paar Metern hörte ich auch noch
ein leises Knistern.
Ich ging weiter. Und tatsächlich, am Waldrand
hatte jemand ein kleines Feuer entfacht und tanzte
jetzt wie wild um dieses Feuer herum.
Ich kauerte mich neben ein Tipi und sah dem
Mann, der aussah wie Rumpelstilzchen, bei seiner
Einmannparty zu.
Mit einem Mal hörte er auf zu tanzen. Er kam in
einigen Schritten auf mich zu.
Dann sagte er: „So, dann wollen wir mal sehen,
wer mich hier heimlich bei meinen heiligen
Ritualen beobachtet."
Erschrocken wich ich ein Stück zurück und
stolperte über einen Ast.
Der Mann kam immer näher. Natürlich hatte er
mich jetzt gehört. Mein Herz pochte bis zum Hals.
Das Knistern des Feuers und die dunkle und tiefe
Stimme des Indianers ließ es mir kalt über den
Rücken laufen. Dann sah ich ihm direkt in das
Gesicht.
„Hab ich´s mir doch gedacht. Ein Taugenichts wie
du ist ja noch nicht einmal dazu fähig, heimlich
einen alten Schamanen zu beobachten."

„Aber ich..." Der seltsame Mann unterbrach mich.
„Sei du nur ruhig! Du störst nicht nur mich sondern
auch unsere heiligen Geister. Du hast keinen
Respekt vor so etwas und verstehst das auch nicht.
Geh jetzt zurück in dein Tipi und schlafe, oder
warte bis Sonne und Mond den Horizont küssen."
„Aber ich...", schon wieder unterbrach mich der
Schamane.
„Geh jetzt! Ich werde jetzt ein heiliges Ritual
vollführen, um die Geister wegen deines schlechten
Benehmens zu beschwichtigen. Hoffentlich hast du
sie nicht zu sehr verärgert", kopfschüttelnd ging er
wieder zu seinem Lagerfeuer, legte ein paar Stöcke
nach und fing wieder an zu tanzen. Dabei sang er
auch etwas in seiner Sprache.
„Ich geh jetzt lieber, nicht das er noch ausrastet
oder sowas in der Art", dachte ich mir.

Als ich wieder in meinem Tipi auf meinem
knarrenden Bett lag, dachte ich nach und ließ den
gesamten Tag noch einmal vor meinem inneren
Auge vorbeilaufen.
Was war heute und gestern passiert?
Und wie komme ich jetzt wieder nach Hause?
„Moment mal! Wieso habe ich den alten Mann
verstanden? Die Leute von gestern und auch Justin
sprachen doch eine ganz andere Sprache? Wie war
das möglich?", fragte ich mich.

Währenddessen ich mir den Kopf über das
Gespräch zwischen diesem Griesgram und mir
nach dachte, wurde ich wieder müde. Meine Augen
schlossen sich und ich schlief wieder ein.

5. In einer neuen Welt

Am nächsten Morgen wachte ich wieder auf.
Ich stand auf und ging aus dem Zelt, um ein
bisschen frische Luft zu schnappen. Justin schien
auch schon aufgestanden zu sein. Am besten ich
suche ihn mal.

Nach ein paar Schritten war ich am Ziel. Justin
stand dort, wo vor ein paar Stunden noch der
Schamane seine Tänzchen vollzogen hatte.
Ich ging zu ihm und sprach ihn an: „Guten Morgen,
Brüderchen. Kannst du mich jetzt mal bitte über
alles aufklären, was hier mit mir gestern passiert ist
und was der Schamane gestern für ein Theater
abgezogen hat und vor allem, wie ich hier wieder
raus komme. Und wenn wir hier wirklich in der
Vergangenheit sind, vermissen uns da nicht unsere
Eltern?"
„Morgen, also gestern hast du dich gegen einen
grünen Krallensprössling gelehnt. Das ist eine
Pflanze, deren Krallen sich in deinen Rücken
gebohrt haben und ein Gift in deinen Körper
gespritzt haben. Heraus kommst du hier erst, wenn
wieder genügend Energie vorhanden ist. Am Meer
steht doch dieses Zelt. In diesem Zelt hängt ein
Bild. Dasselbe wie bei uns auf dem Dachboden.
Wenn wir zurückwollen, müssen wir ungefähr noch
drei Stunden warten. Außer es zieht Regen auf,
dann dauert der Spaß wesentlich länger.
Das funktioniert ähnlich wie eine Solarplatte.
Unsere Eltern können uns nicht vermissen, weil
ihre Zeit stillsteht", klärte Justin auf. „Dann ist das

Bild also so etwas, wie eine Zeitmaschine und funktioniert also mit Sonnenenergie." „Nein, eine Zeitmaschine ist das Bild nicht. Es ist eher magisch", erwiderte Justin.

„Na toll. Dann muss ich hier noch weitere drei Stunden herumlungern. Und was passiert, wenn ich mich alleine von hier weg beame bzw. wegbefördere?", fragte ich meinen Bruder.

„Dann haben wir ein Problem, denn wenn zwei Personen aus der Zukunft zusammen in die Vergangenheit reisen, dann müssen auch beide gleichzeitig zurück in die Gegenwart reisen. Wenn aber einer in der Vergangenheit zurückbleibt, fügt dieser sich ganz automatisch in die Gesellschaft ein, in der er sich gerade aufhält."

„Moment mal. Das heißt, man kann mit Hilfe des Bildes auch noch in andere Regionen reisen?"

„Ja, na klar. Du musst einfach nur die Augen schließen, dir vorstellen, wo du gerne hin möchtest und den Spruch sagen, den ich aufgesagt habe. Er steht auch ganz klein auf der Rückseite des Bildes."

Gerade hatte Justin noch ein relativ fröhliches Gesicht. Aber ganz plötzlich änderte er seine Miene. Er wirkte nun sehr ernst, denn hinter ihnen tauchte in den Büschen der Kopf eines Bären auf. Dieser schnüffelte in der Luft herum und nahm ihre Witterung auf. „Ähm Ben, beweg dich jetzt bitte nicht vom Fleck", sagte er ernst. „Warum denn?", fragte ich zurück. „Ben", stotterte er dann. „Was ist denn, Brüderchen?", fragte ich weiter, schon etwas genervt. „Da ist ein Bär in den Büschen und der nimmt gerade unsere Witterung auf", warnte Justin. Jetzt sah ich den Bären auch und ich erstarrte. Hatte ich gestern Nacht doch die Geister erzürnt? Das fragte ich mich jetzt. In meinem ganzen Leben hatte ich noch nie einen Bären in freier Wildbahn gesehen, weil es bei uns so etwas nicht gab, außer vielleicht im Dresdener Zoo.

Jetzt erhob er sich, der Bär. Er war über zwei Meter groß. Ich wollte schreien, aber ich tat es nicht, eher ich konnte es irgendwie nicht. Wie gelähmt stand ich da. War das jetzt unser Ende? Würden wir beide in der Vergangenheit sterben. Der Bär kam aus den Büschen jetzt heraus, immer näher und näher an uns heran. Irgendwann waren wir Auge in Auge mit dem Bären. Er öffnete sein Maul und zeigte bedrohlich seine gelblichen Zähne, hauchte uns sogar ins Gesicht, was relativ unappetitlich war und stank wie die Pest. Ich zitterte am ganzen Körper, bewegte mich aber nicht. Der Bär schmiss mich um und ich lag am Boden, aber er hatte nicht die Absicht, mir irgendetwas anzutun, denn anschließend verschwand er wieder und ließ mich liegen, im Dreck. „Verdammt! Das war echt knapp. Ich dachte jetzt schon, er würde uns umbringen“, sagte ich und mein Herz klopfte mir bis zum Hals.

Justin zog mich dann wieder auf die Füße und sagte dann: „Auf meiner nächsten Tour bleibst du lieber zuhause. Ich will nicht, dass du nochmal mitkommst. Und wenn du auch nur einem davon erzählst, dann gibt es mächtigen Ärger! Das hier ist nämlich alles TOP-SECRET, verstehst du. Du erzählst niemandem etwas und bleibst ab sofort auch vom Dachboden fern.“

Empört baute ich mich vor Justin auf: „Das kannst
du voll vergessen, mir den Dachboden zu
verbieten. Du bist mein kleiner Bruder.
Jetzt wo ich weiß, wie alles funktioniert, kannst du
mir gar nichts mehr verbieten."
Dadurch, dass Justin weit über einen Kopf kleiner
war als ich, gab er schon nach. Überrascht und
völlig verblüfft sagte ich zu ihm, nachdem er
kleinlaut nachgegeben hatte: „Wir sind Brüder, wir
machen das gemeinsam."
„Und was ist mit Magdalena? Wollen wir sie auch
mit einbeziehen?"
„Nein!! Auf keinen Fall! Das ist viel zu gefährlich
für sie. Außerdem ist sie viel zu verquatscht. Sie
kann das niemals verheimlichen."
„Ok, da hast du recht. Aber wir reisen trotzdem erst
mal nach Hause. Ich muss mich erst mal von dem
Schock erholen."
„Ist ok. In ein paar Stunden können wir hier wieder
weg."
„Und wie verständigst du dich hier eigentlich mit
den Leuten? Und kann ich bald diesen Tanga
wieder gegen meine normalen Sachen tauschen?"
„Versuche einfach Englisch zu reden. Dann
sprichst du automatisch deren Sprache und
zweitens ja. Deine Sachen liegen in dem Zelt am
Meer. Wir haben sie gestern Abend noch dorthin
gebracht."
Wenige Stunden später stürmte ich zum Zelt
hinunter. Im Gepäck hatte ich einen riesigen
Kohldampf, weil das indianische Frühstück alles
andere als appetitlich aussah und mein Bruder, der
noch unseren Gastgebern winkte, mir die
Kokosnüsse weg gegessen hatte.

„Hör jetzt bitte auf mit dem Winken, das macht
mich ja ganz verrückt. Ich hab Hunger, stinke nach
Schweiß und will aus diesen Sachen raus. Also
mach hin.“
„Ja, ja, mach mal bloß keinen Stress, wir wissen
sowieso noch nicht, ob genug Energie vorhanden
ist.“
„Und wie erkennt man das?“
„Wenn du dich in das Zelt stellst, musst du oben
durch das Loch gucken, wenn dieses Loch komplett
grün ist, dann ist der Akku voll.“
„Akku ist gut.“ Schmunzelnd trat ich in das Zelt ein
und zog mir erst mal meine normalen Sachen an.
Anschließend kontrollierte ich das Loch in der
Decke. Es war zum Glück komplett grün.
Erleichtert schaute ich das Bild an und
anschließend Justin.
Ich drehte das Bild um, welches an der Zeltwand
hing und las den Spruch laut vor:

     So wie des Abends Morgen,
     versteht sich die Welt von Anfang an.
     Der Zivilisation ihre Sorgen,
     dauern auch im Vergangenen an.
     Oh du Sohn der Zukunft,
     Nimm mich ein,
     durch des Bildes heil´gen Schrein.

Ein grelles Licht eröffnete eine Art Sog, der Justin
und mich einsaugte.
Nach wenigen Sekunden war alles wieder vorbei.

6. Zurück in der Gegenwart

Als ich wieder ein klares Bild hatte, stellte ich fest, dass wir wieder auf unserem Dachboden waren. Erleichtert lief ich die Treppen runter und ließ Justin einfach oben stehen.

Ich hatte ohnehin ein anderes Ziel als er. Mein Bruder ging in sein Zimmer und recherchierte irgendetwas für seine Schule und ich ging fest entschlossen in die Küche und stürzte mich auf die Reste vom Abendbrot.

Die Zeit schien wirklich stillgestanden zu haben. Die Nudeln waren noch warm und an der Tomatensoße konnte man sich sogar noch richtig verbrennen. Was ich dann auch tat, weil ich einen riesigen Kohldampf hatte und alles ohne zu kauen und zu pusten verschlang.

Das ist schon ein komisches Gefühl: Bei den Indianern war gerade erst Morgen und hier zuhause, war die Sonne schon vor einer halben Stunde untergegangen. Eigentlich müsste ich ja in zwei Stunden ins Bett, aber ich glaube, das schaffe ich sowieso nicht.

Ich ging erst einmal zu Justin und fragte ihn: „Angenommen, ich reise mal in die Vergangenheit, könntest du mir dann nachkommen?"

„Nein, natürlich nicht. Die Gegenwart bleibt ja stehen, also kann ich mich ja nicht bewegen."

„Stimmt. Jetzt wo du das so sagst. Da hätte ich eigentlich auch selbst draufkommen können.

Und wenn ich mir jetzt in der Vergangenheit ein
Haus bauen würde, um dort mein Leben zu
verbringen.
Was würde dann mit euch passieren?“
„Wenn du so etwas vorhast, dann passiert
Folgendes: Das Bild, durch das du gereist bist, wird
nach 187 Stunden beginnen sich in Luft aufzulösen.
Du wirst dem zu Folge niemals wieder in der Zeit
verreisen können und deine Familie wird für dich
Geschichte sein. Es sei denn du findest das neue
Portal.“
„Oh, ok. Und was ist dann das neue Portal?“
„Also, das Bild ist unser Portal. Das gibt es in allen
Zeiten der Weltgeschichte und an verdammt vielen
Orten. Ich schätze, dass etwa 5000 völlig identische
Bilder überall auf der Welt verteilt sind. Und wenn
beispielsweise das Bild bei den Indianern zerfällt,
zerfallen auch alle anderen Bilder. Gleichzeitig
werden aus neuen völlig bedeutungslosen Objekten
Portale. Meistens sind das Bilder, aber manchmal
sind es auch Steine, Hefte oder Bücher. Ganz
selten; aber es kommt auch vor, wird ein
Lebewesen zu solch einem Portal.“
„Ok, ok. Kannst jetzt aufhören zu reden, das reicht
mir schon.“
Ich ging zurück in mein Zimmer schmiss mich auf
mein Bett und tippte ein wenig auf meinem Handy
rum. Nach fünf Minuten kam meine Mutter herein:
„Ben!“

„Ja?", antwortete ich völlig verblüfft über den aggressiven Ton meiner Mutter.
„Wieso schreibt man in einer Biologieklassenarbeit eine glatte Sechs?", fuhr sie fort.
„Na, weil..."
„Stopp, ich bin noch nicht fertig! Und wieso will eure Lehrerin die Unterschrift schon seit zwei Monaten sehen? Wann wolltest du uns denn die Arbeit zeigen? Du bist versetzungsgefährdet, Junge!! Denkst du eigentlich auch mal nach? Und dann schreibst du auch noch in Sexualkunde so `ne schlechte Note. Wo doch die Jugend heutzutage sich selbst aufklärt und mit Hilfe des Internets sowieso alles rausbekommt."
„Aber Mama, ich habe die Sechs nicht bekommen, weil ich nichts wusste, sondern weil ich abgeschrieben habe."
„WAS?! DAS IST JA WOHL DIE HÖHE!!! Jetzt wird mein ältester Sohn auch noch zu einem Betrüger?! Ich fasse es nicht! Du gibst mir jetzt sofort dein Handy und deinen Laptop nehme ich auch mit. Ach so und bevor ich es vergesse, du gehst jetzt noch den Geschirrspüler ausräumen."
„Aber Mama..."
„Keine Widerrede! Handy her! Sofort!"
Widerwillig gab ich ihr mein Handy. Meinen Laptop hatte sie schon unter dem Arm klemmen. Ich dachte mir: „Wenigstens hab ich meinen Fernseher nicht abgeben müssen, dann kann ich mich immerhin noch vom deutschen Bildungsfernsehen zu labern lassen."
Ich ging runter in die Küche und räumte den Geschirrspüler aus.

Ich legte das Besteck mit einer solchen Wut in den
Besteckkasten, dass das restliche Besteck ein Stück
in die Höhe sprang.
„Ein Glück, dass das Mama nicht mitbekam, sonst
hätte sie mir vielleicht auch noch das Taschengeld
gestrichen und den Fernseher weggenommen“,
murmelte ich, als ich fertig war.
Ich ging wieder nach oben und schaltete den
Fernseher an. Doch alles, was ich sehen konnte war
ein schwarzer Bildschirm.
„Was hat der denn jetzt wieder für eine Macke.“
Ich ging zu ihm hin und kontrollierte die Kabel auf
der Rückseite. Es waren aber keine Kabel mehr da,
die man kontrollieren konnte.
„MAMA!!!“
Oh Gott. Hatte ich das jetzt wirklich gebrüllt oder
war das nur Einbildung. Scheinbar nein. Denn sie
stand schon in der Tür mit einem erbosten Blick,
der fast nicht mehr schlimmer hätte sein können.
„Was!?“
„Hast du mein Netzkabel?“
„Ja natürlich. Das hab ich vorhin abgemacht, um zu
sichern, dass du nun all deine Freizeit in deine
Schularbeiten investieren kannst. Also los, Hefter
auf. Ich will, dass du mir heute Abend um neun
erklärst, wie der Spaß mit der Fortpflanzung
funktioniert.“
Angewidert von dem Blick meiner Mutter nahm
ich meinen Bio-Hefter und schlug ihn auf.
„Du kannst jetzt gehen. Ich lerne ja schon.“
Und mit den Worten: „Das will ich auch hoffen!“,
verließ sie mein Zimmer.

7. Mutters Zorn

Meine Mutter konnte schon echt anstrengend sein.
Aber so ist sie halt. Irgendwie ging mir der
Gedanke nicht aus dem Kopf, noch einmal in der
Zeit zu verreisen.
„Ach egal. Ich mache es einfach. Besser als für
Biologie zu lernen."
Leise öffnete ich meine Zimmertür und schlich
mich auf den Flur. Das Wohnzimmer war leider
offen. Das hat der Architekt nicht so toll gemacht,
denn so hatte Mama ein freies Blickfeld auf den
Flur, aber immerhin konnte ich mich noch hinter
unserem Schornstein verstecken.
„Und wie soll ich jetzt die Tür aufbekommen, ohne
meine Mutter auf mich aufmerksam zu machen?",
dachte ich mir.
Ich entschloss mich dazu, einfach auf das Klo zu
gehen. Das konnte sie mir ja nicht verbieten. Also
begab ich mich in Richtung der Fliesengalerie,
vollbrachte mein Geschäft, ging zurück zu meinem
Zimmer und nahm anstatt meiner Zimmertür
einfach die Tür zum Boden, welche direkt daneben
war.
Ich ließ sie leise ins Schloss fallen und stieg die
Treppen zum Boden hinauf. Ganz leise, weil man
es sofort hörte, wenn jemand die alten Holzstufen
erklomm.
Da hing es, das Bild. Ich nahm es von der Wand,
las den Spruch erst einmal leise durch und noch
bevor ich mit Sprechen beginnen konnte, hörte ich
ein Geräusch von unten zu mir herauf hallen.

Wer war das? Justin? Mama? Magdalena?
„Ben?“, hörte ich es flüstern.
Es war nur Justin zum Glück. Mein Herz pochte
von dem Gedanken entdeckt worden zu sein.
„Du willst doch nicht etwa ohne mich weg?“
„Lässt sich ja jetzt nicht mehr vermeiden, oder?“
„Typisch Ben. Schon wieder angewidert von mir?
Egal, sag den Spruch auf bevor Mama uns
entdeckt.“

> So wie des Abends Morgen,
> versteht sich die Welt von Anfang an.
> Der Zivilisation ihre Sorgen,
> dauern auch im Vergangenen an.
> Oh du Sohn der Zukunft,
> Nimm mich ein,
> durch des Bildes heil´gen Schrein.

Nun hing ich das Bild, ohne einen Ton zu sagen,
wieder an die Wand, schloss die Augen und stellte
mir mein Wunschziel vor.
Ein blauer, grell leuchtender Schein erhellte die
Giebel des Dachbodens. Plötzlich wurde alles
schwarz und ich bemerkte nur, wie sich eine Wiese
an meinem Rücken bemerkbar machte. Ich kratzte
mich, damit das elende Jucken aufhörte und
versuchte die Augen zu öffnen. So langsam konnte
ich wieder klare Bilder sehen. Ich stand auf und
suchte die Gegend nach Justin ab.
Niemand zu sehen. Weit und breit.
Ich rief nach ihm: „Justin!!“
Da raschelte es hinter einem großen Busch.

Justin trat hervor.

„Hey. Bist du gut gelandet? An deiner Technik musst du echt noch feilen.“

„An welcher Technik denn?“, fragend sah ich Justin an.

„Irgendwann wirst du lernen so zu reisen, dass du nicht immer bewusstlos am Boden liegst, wenn du in der Vergangenheit ankommst. Du hast 15 Minuten bewusstlos am Boden gelegen. Das ist mir am Anfang auch passiert. Hier, zieh die Sachen an.“

Erstaunt darüber, woher Justin die Klamotten hatte, fragte ich: „Wo hast du die denn auf die Schnelle aufgetrieben?“

„Dort hinten steht ein Häuschen. Dort wurden die Sachen extra für uns abgelegt.“

Erschrocken sah ich auf: „Das heißt also, ich ziehe hier die Sachen von irgendeinem Fremden an? Igitt, das ist ja echt ekelhaft! Wer weiß, wer die schon getragen hat.“

„Nein, keine Sorge Ben. Die sind frisch. Das hängt mit dem Bild zusammen. Man wird immer in die Nähe eines Bildes gebeamt. Drüben in dem Haus ist eines. Und unter dem Bild ist in der Regel eine Klappe, in der genügend Sachen für die jeweilige Zeit bereitliegen.“

„Ah, ok. Jetzt versteh ich das.“

„Wo sind wir hier eigentlich, Ben?“

„Wir sind im barocken Dresden etwa Ende des 18. Jahrhunderts gelandet. Oder zumindest irgendwo in der Nähe, hoffe ich. Theoretisch müsste August der

Starke, der letzte Kurfürst des Kurfürstentums
Sachsen und König von Polen gerade eine Hofparty
feiern."
„Erstens heißt das Hoffest und nicht Party, Ben.
Und zweitens sollten wir uns dann schleunigst auf
die Suche nach dem königlichen Schloss machen."
„Na dann, los!"

8. Fremde Heimat

Wir liefen einen Pfad entlang, bis dieser auf einen etwas größeren Sandweg führte.
Nach gut einer halben Stunde Fußmarsch entdeckten wir erste Häuser.
Vor lauter Freude, ein Stückchen Zivilisation entdeckt zu haben, liefen wir viel schneller als noch vor fünf Minuten.
Als wir die erste Dorfbewohnerin antrafen, fragte ich sie: „Guten Tag werte Frau, wir sind Reisende und wollen gerne wissen wo wir sind."
Verwundert musterte die Frau Justin und mich und antwortete schließlich: „Ihr seid in Dorf Welyn."
„Danke. Und könntet Ihr uns auch den Weg in Richtung Dresden zeigen?"
„Was wollt ihr denn in Dresden?"
„Wir möchten gerne den Kurfürsten treffen."
„Also, wenn ihr zu Fuß nach Dresden möchtet dann solltet ihr erst in Richtung Burg Welyn laufen. Sie liegt ein Stück oberhalb der Elbe und anschließend solltet ihr flussabwärts laufen. Ihr kommt unterwegs in Pirna vorbei. Anschließend kommen Pillnitz und noch einige weitere kleine Dörfer. Das königliche Schloss ist nicht zu übersehen. Ihr werdet es finden."
„Und wie lange benötigt man bis dorthin?"
„Zu Fuß einen Tagesmarsch, wenn ihr in der Frühe aufbrecht und auf dem Pferd einen halben Tagesritt. Ich muss jetzt weiter. Gehabt Euch wohl."

„Vielen Dank für Eure Hilfe." „Das habe ich doch
gern gemacht. Gehabt euch wohl", wiederholte die
Frau und verschwand schließlich.

Dankend winkte ich ihr noch nach und dann gingen
wir in die Richtung, in die uns die Frau gewiesen
hat.
Wir liefen also den Hauptweg des Dorfes entlang.
Als wir endlich nach einem langen und
beschwerlichen Abstieg ins Elbtal an der Burg
ankamen, stellten wir fest, dass uns die Gegend
sehr bekannt vorkam.
Plötzlich rief Justin: „Na klar, Ben. Wir sind in
Wehlen. Jetzt fällt es mir wieder ein. Der alte
Name von Wehlen war Welyn."
Ich antwortete: „Echt? Also sind wir ja meilenweit
von Dresden entfernt."
„Da hast du wohl Recht. Willst du nun immer noch
auf das Hoffest des Fürsten?"
„Nein, lieber nicht. Aber wir können ja nach Pirna
laufen und uns dort für ein paar Tage niederlassen."
„Für ein paar Tage! Du spinnst wohl. Wovon sollen
wir denn leben? Außerdem habe ich dir doch
gesagt, dass nach 187 Stunden alle Bilder
zerfallen."
„Stimmt, du hast Recht, aber 187 Stunden sind
immerhin fast acht Tage und das ist genug, um das
alte Pirna zu erkunden. Und mit dem Essen… ja da
habe ich auch schon eine Idee."
„Ach, und die wäre?"
„Wir nehmen einfach an einem Turnier teil und
gewinnen uns damit ein wenig Geld. Mit unseren
neuzeitlichen Techniken sollte das kein Problem
darstellen."

„Na gut. Aber ich kämpfe nicht, das machst schön
du.“

Also liefen wir unterhalb der Festung an der Elbe
in Richtung Pirna. Die Gegend sah fast genauso
aus, wie heute. Nur, dass die ganzen Häuser
fehlten. Unterhalb der Burg war ein Marktplatz und
einige Häuser standen auch Drumherum, aber sonst
war weit und breit nur die reine Natur zu
beobachten.
Wir liefen auf einem kleinen Pfad die Elbe entlang.
Nach gut zwei Stunden, hielten wir einen Moment
inne und machten eine kleine Pause.
Man konnte schon das Schloss Pirna-Sonnenstein
sehen. Wie eine uneinnehmbare Festung erhob sich
das schöne Gebäude über der Stadt.
Wir rappelten uns wieder auf und liefen weiter.
Eine geschätzte drei viertel Stunde später erreichten
wir eine kleine Anlegestelle am Rande der Elbe.
Hier musste man übersetzen, um in die Stadt zu
kommen.
Wir stiegen in das kleine Boot, welches anlag und
der Fährmann begann zu rudern. Das Schiff
schaukelte in den Wellen und kam nach wenigen
Minuten auf der anderen Seite an.
Wir bedankten uns herzlich bei dem Fährmann und
gingen weiter in die Stadt.
Ich fragte Justin: „Was meinst du? Wurde unser
Haus schon gebaut?“
„Keine Ahnung, wollen wir mal nachsehen?“
„Ja, na klar, los geht's.“
Da wir beide aus dem gegenwärtigen Pirna
stammten, interessierten wir uns besonders für die
alten Gebäude. Die Straßen sahen so ähnlich aus

wie heute. Nur das die Straßenbeleuchtung fehlte und die Häuser eine andere Farbe hatten. Unsere Heimatstadt war in der Vergangenheit genauso schön, wie in der Gegenwart.

Eilig liefen wir also auf die heutige Lange Straße und tatsächlich. Unser Haus gab es schon. Zwar hatte es keine Fenster und auch keine richtige Farbe an der Wand, aber immerhin hatte es einen kleinen Laden im Erdgeschoss einquartiert.
Wir machten leise die Tür auf.
„Oh mein Gott. Das hätte ich jetzt nicht gedacht", flüsterte Justin zu mir.
Von außen sah das Haus im Vergleich zu den anderen ganz normal aus, aber innerlich zerfiel es. Das Haus war an vielen Stellen veraltet und brüchig. Wir schlichen die Treppen bis auf den Dachboden hoch. Jede Stufe knarrte und ächzte unter dem Gewicht meines Bruders, der ein paar Kilo mehr als ich auf den Rippen hatte, auch wenn er kleiner als ich war.
Als wir oben ankamen, machten wir eine erstaunliche Entdeckung: Hier hing das Bild, mit dem Spruch auf der Rückseite, durch das wir erst hierhergekommen waren.
„Juhu, das bedeutet, dass wir nicht mehr nach Dorf Welyn laufen müssen, um nach Hause zu kommen", sagte ich.
„Ja, das ist super. Ich habe nämlich einen riesigen Kohldampf. Los, lass uns nach Hause reisen", sagte Justin.
Aber ich wollte noch nicht nach Hause, diesmal nicht. Ich wollte noch mehr sehen, aber mein

Bruder schien das nicht zu akzeptieren. Und so gerieten wir in einen Streit, der nicht ohne war.
„Hä? Nach Hause? Nein! Ganz sicher nicht. Wir sind eben erst hier angekommen und jetzt willst du schon wieder weg? Ganz sicher nicht. Zuhause wartet ein wütender Gartenzwerg auf mich."
Ich riss das Bild von der Wand und presste es ganz fest an mich.

„Wir bleiben hier!", fuhr ich fort, nun in einer sehr bedrohlichen und fest entschlossenen Tonlage.
„Aber ich will nicht!", erwiderte mein Bruder.
„Doch und damit basta!!", gab ich als Widerwort.

Schnell lief ich die Treppen hinunter und auf die Straße. Justin kam hinterher. Ich lief weiter. Ich rannte zwar nicht, aber ich hatte einen zügigen Schritt auf Lager, dem Justin schon nach wenigen hundert Metern nicht mehr standhalten konnte.
„Ben, warte doch. Lass uns reden", rief er mit hechelnder Stimme hinter mir her.
„Wir brauchen darüber nicht zu reden. Wir bleiben hier..."
„Ben, ich drehe gleich durch! Gib mir das Bild!"
Mit einem Mal hatte Justin einen Wort Fall drauf, der es mir kalt über den Rücken laufen ließ. Als ob es gar nicht seine Stimme war. Trotzdem hielt ich stand: „Nein, wir bleiben hier!"
Mittlerweile war ich stehen geblieben und schaute Justin tief in die Augen, der jetzt tief schnaufend an einer Hauswand lehnte. Es sah so aus, als hätte sich seine Augenfarbe kurzzeitig verändert. Oder irrte ich mich da?
„BEN!!", schrie er bedrohlich.

Auf einmal kam er auf mich zu gerannt.
Woher hatte er plötzlich die Kraft dazu?
Er kam immer näher und wurde immer
bedrohlicher. Langsam bekam ich es mit der Angst
zu tun. Aber ich konnte nicht weg. Meine Beine
waren wie angewurzelt.
Und plötzlich krachte er mit seinem gesamten
Körper und mit voller Wucht gegen meinen...

9. Ein Streit mit Folgen

Mich riss es zu Boden. Ein tiefer Schmerz
durchzog meine Glieder. Mit verzerrtem Gesicht
stand ich wieder auf. Mein Bein blutete. Das Bild
war einige Meter weit geflogen, ging aber noch
nicht kaputt. Da kam Justin wieder auf mich zu um
den nächsten Angriff zu starten.
„HALT!!", schrie ich.
Justin hielt sofort inne.
„Wenn du unbedingt mit mir um das Bild kämpfen
willst, dann lass uns das wie echte Männer auf dem
Turnierplatz neben dem Markt mit Pferd und Lanze
machen!" „Das ist doch jetzt nicht dein Ernst! Ich
hatte doch gesagt, dass ich nicht kämpfen will",
ächzte ich und griff an mein Bein, das blutete.
„Und wie ernst ich das meine! Komm jetzt!"
Der Tonfall meines Bruders gefiel mir jetzt
überhaupt nicht mehr. Er hatte etwas Unheimliches
an sich.
„Also gut, dann gehen wir halt auf den
Turnierplatz. Ich will dieses Bild haben."
Justin jagte mich dann energisch zum Turnierplatz
und sah einige Pferde dort stehen. Menschen waren
aber keine da.
Er schwang sich auf eines der gesattelten Pferde
und schnappte sich im Vorbeireiten von der Mauer
eine Lanze und machte sich bereit zum Angriff.
„Na los! Hast du etwa Schiss bekommen? Dann
kannst du mir das Bild ja auch gleich geben."

Ich lehnte das Bild vorsichtig an die Mauer. Der
Rahmen hatte einen kleinen Riss von Justins
Bodycheck vorhin.
Eigentlich hatte ich nie Angst vor Justin, aber heute
war es irgendwie anders. Er war innerhalb weniger
Minuten vom coolen Bruder zum Monster
geworden.

„Los jetzt! Das Bild siehst du sowieso nie wieder!
Das wird nämlich gleich meines sein."
Nun schwang auch ich mich auf eines der Pferde
und nahm mir eine Lanze von der Mauer.
Ich stellte mich gegenüber von Justin auf.
Mit einem finsteren und siegessicheren Blick
musterte er mich. Und da waren sie wieder, diese
Augen. Ich hatte mich also nicht geirrt.
Er gab seinem Pferd die Sporen und schrie:
„Attacke!!"
Nun ritt auch ich los.
Ich hörte nur das Wiehern und das Galoppieren der
Pferde.
Die Pferde ritten in einem unglaublichen Tempo
aufeinander zu. Schritt für Schritt bekam ich mehr
Angst vor dem schmerzhaften Aufprall von Justins
Lanze auf meinem Brustkorb.
Er brachte seine in Position. Sicher und ruhig hielt
er sie, während sein Pferd im vollen Galopp auf
mich zu rannte. Er musste nicht mehr bei Verstand
gewesen sein.
Nun brachte auch ich meine Lanze in
Angriffsstellung. Sie wackelte an der Spitze. Mein
Oberarm schmerzte und an meinem Bein flossen
weiterhin große Mengen an Blut hinunter.
Schritt für Schritt näherten sich unsere Pferde.

Noch gut 25 Meter trennten unsere Lanzen. Wir
näherten uns immer weiter.
Und mit einem Mal spürte ich wieder so ein
verdammtes Stechen. Aber diesmal in meiner
Brust. Plötzlich wurde ich vom Pferd geschmissen.
Ich krachte auf dem Sandboden auf und merkte wie
ein höllischer Schmerz den Rücken entlang zog.

Ich rollte noch bestimmt zehn, zwanzig Meter,
bevor ich zum Liegen kam.
Ich versuchte mich zu bewegen. Doch es ging
nicht.

Auf einmal erschien Justins Gesicht über mir. „Du
hast voll verloren, Bruderherz! Du
Schlappschwanz und Schwächling!“, lachte Justin
mich aus.
Mit aller Kraft, die ich noch hatte, hob ich blitzartig
meinen Fuß und trat ihm ins Gesicht.
Er schrie laut auf vor Schmerzen. Aber auch ich
konnte meinen Laut nicht unterdrücken.
Doch plötzlich stand Justin wieder vor mir.
Mit blutender Nase lief er zum Bild, kam wieder
zurück und sagte: „Ich werde dich jetzt
wegschicken und dann wirst du dort festsitzen und
um dein Überleben kämpfen müssen! Dort wirst du
kein Bild mehr finden, dass dich zurückbringt! Die
Zeit ist mir völlig egal, in die ich dich versetze! Ich
habe echt keine Lust mehr auf dich! Und übrigens,
das Bild brauche ich nicht mehr, um in der Zeit zu
verreisen. Ich habe dir nämlich noch nicht gesagt,
dass ich so oft damit durch die Vergangenheit
gewandelt bin, dass ich selbst zu einem lebendigen

Portal geworden bin." Er hob die Arme und sagte
den Spruch vom Bild auf:

> So wie des Abends Morgen,
> versteht sich die Welt von Anfang an.
> Der Zivilisation ihre Sorgen,
> dauern auch im Vergangenen an.
> Oh du Sohn der Zukunft,
> Nimm mich ein,
> durch des Bildes heil´gen Schrein.

Ein blauer Strahl kam vom Himmel und traf mich
wie ein Blitz, aber kurz bevor ich verschwand,
schnappte ich noch mit letzter Kraft das Bild mit
einem gekonnten Sprung und dann verschwand ich
in irgendeine Zeit.
„NEIN! VERDAMMT! Aber dieses Bild wird dir
trotzdem nicht mehr lange helfen zurückzukehren,
weil es zerfallen wird!", hörte ich meinen Bruder
noch schreien. „Und sollte es dir doch gelingen,
zurückzukehren, dann werde ich dich in der Arena
in Rom erwarten! Und dort führen wir den Kampf
weiter und ich mach dich fertig!", schrie Justin mit
einem roten Gesicht, dass ich aber nicht mehr hörte
und auch nicht mehr sah.

10. Versetzt

Mir wurde ganz schwarz vor Augen und ich schlug
hart auf, sehr hart. Der Hechtsprung nach dem Bild
war körperlich keine gute Idee, aber leider
unumgänglich, um hier wieder weg zu kommen.
Wo ich gelandet war, wusste ich jetzt nicht. Mein
cooler Bruder war tatsächlich in sehr kurzer Zeit zu
einem Monstrum geworden; ich hatte ihn in diesem
Moment überhaupt nicht mehr erkannt. Hatte es
vielleicht etwas mit dem Zauber des Bildes zu tun,
das dieser in der Lage war, den Charakter eines
Menschen so zu verändern und ihm irgendwelche
Kräfte zu verleihen? Auf jeden Fall war das nicht
mehr mein kleiner Bruder. Langsam bekam ich
wieder ein klares Bild. Erst war es verschwommen,
wurde aber dann stetig klarer. Es begann zu
schaukeln und ich glaubte ich wurde irgendwie
seekrank. „Bin ich hier etwa auf einem Schiff
gelandet?", fragte ich mich.

Und dann sah ich es, ein altes Schiff mit weißen
Rahsegeln, die im Wind flatterten. Aber auf was für
einem Schiff war ich jetzt wohl gelandet?
Kolumbus? Cortez? Oder gar auf Pizarros Schiff?

Diese Antwort würde ich bald bekommen, denn
jetzt sah ich einen Teil der Mannschaft um mich
herumstehen und dann kam er auf mich zu,
Francisco Pizarro, der spanische Eroberer, der das
Inkareich unterworfen und vernichtet hatte. Er
schnappte mich und zog mich brutal nach oben.

„Was haben wir denn hier für einen Burschen!“,
fragte er streng, mit tiefer Stimme. Dabei schüttelte
er mich kurz durch. „Sieht nach irgendeinem
blinden Passagier aus“, kam es von einem Arbeiter
seiner Mannschaft. „LOS! Rede! Wie kommst du
halbe Portion auf mein Schiff? Arr!“, fragte
Francisco Pizarro streng. „Ich ähm…“, fing ich an
zu stottern. „Rede jetzt endlich! Oder du fliegst
über Bord!“, zischte Pizarro. „Ich … wurde …
bitter gejagt und zwar von irgendwelchen Räubern
und Ihr Schiff war die einzige Möglichkeit, zu
entfliehen. Dabei habe ich mich am Bein verletzt“,
log ich Pizarro vor. „Das kann gar nicht sein. Wir
sind schon seit sieben Tagen auf dem Weg in die
Neue Welt! Also denke dir eine andere Geschichte
aus!“, zischte Pizarro. Ich schluckte. Pizarro ahnte
tatsächlich, dass ich ihm etwas vorgelogen hatte.
War das jetzt mein Ende?

Ein Steuermann hob dann das Bild mit dem Sprung
auf und gab es Francisco Pizarro. Dieser musterte
das Bild ganz genau und sagte dann mit verengten
Augen: „Wo hast du das her?“ Ich wurde dann
wieder von ihm durchgeschüttelt. „Wo hast du
dieses Bild her? Hast du das aus meinem Haus
gestohlen?!“, fragte er streng. „Das … hatte ich
schon die ganze Zeit bei mir“, erklärte ich und es
lief mir eiskalt dem Rücken runter. Und dann
geschah es. Pizarro schlug mich nieder und ich
schlug wieder auf dem Deck auf. Da bekam ich
wieder dieses Stechen in meinem Rücken. „Sperrt
ihn ein! Er kann uns als Sklave und Wasserträger
dienen, wenn wir an Land gehen! Führt ihn sofort

ab!", forderte Francisco Pizarro und zeigte mit seinem Finger weg.

Und so wurde ich schließlich abgeführt und eingesperrt. Das Bild hatte ich jetzt auch nicht mehr bei mir, bei allem Übel und ich wusste jetzt nicht, wann es wirklich zerfiel.

Wenn es zerfiel, wäre das mein Ende und ich würde meine Familie nie wiedersehen, zumindest den Teil, der mich nicht umbringen wollte. Mein Bruder hatte mich jetzt wirklich zu einem Ort gebeamt, wo ich ums Überleben kämpfen musste. Ich würde also bald sehen, wie Francisco Pizarro das Inkareich eroberte.

11. Im Dschungel

Nach etwa zwei Tagen erreichte Pizarros Schiff
Land. Er legte mit seiner spanischen Armada im
Gebiet des heutigen Peru an. Überall befand sich
Dschungel, Dschungel und nichts als Dschungel.
Ich musste tatsächlich Pizarros Sklave sein und
auch sein Wasserträger. Ich wurde sogar
ausgepeitscht und wir liefen durch den brütend
heißen Dschungel, der erfüllt war von den
Geräuschen wilder Tiere. Mächtige Bäume mit
Lianen erhoben sich vor mir und auch große andere
Gewächse. Aber Menschen sahen wir nicht, noch
nicht. Dafür aber vier Jaguare, die uns jagen
wollten. Diese wurden aber von Pizarros
Mannschaft einfach getötet. Blutend lagen diese am
bewachsenen Boden.

Mir lief der Schweiß in Strömen über das Gesicht.
Meine Haare klebten mir im Gesicht und mir
brannte mein verletztes Bein und nach und nach
wurde mir immer schwindeliger. Dann geschah es,
mir wurde schwarz vor Augen und ich brach
zusammen.

Pizarros Mannschaft blieb dann stehen. „Was ist
denn da los?", fragte er sich. Er ging dann zu mir
und sah mich am Boden liegen. Anstatt mich aber
wieder hochzuhieven oder mir eine Hilfeleistung zu
geben, trat er nach mir aus und brüllte: „STEH
AUF JUNGE!!! Wird's bald!" „Ich schätze, die
Hitze bekommt ihm nicht so gut", sagte Pizarros
Bruder Juan.

Ich befand mich in einer Art hellen Tunnel und hörte eine Stimme meinen Namen rufen. Aber ich sah denjenigen nicht, der meinen Namen rief. War ich etwa im Himmel gelandet? „Ben", sagte diese Stimme dann noch mal und auf einmal wurde mein Blickfeld wieder klarer und ich sah direkt in das Gesicht von Francisco Pizarro. Ich sah seinen braunen Vollbart und seinen braunen Hut.

„Er kommt wieder zu sich", sagte dann Juan Pizarro. Jetzt hievte mich Pizarro wieder hoch und bat mir plötzlich Wasser an, dass ich sofort trank. „Natürlich brichst du Bursche zusammen, wenn du nichts trinkst!"

Aber ich sagte dennoch nicht das Wort „Danke" zu dem spanischen Konquistador, weil er mir einfach zu wider war. „Du könntest dich wenigstens bei mir bedanken, dass ich dir mein Wasser angeboten habe!", fauchte er. Aber ich schwieg dennoch weiter.

Wir gingen schließlich weiter durch den scheinbar unendlichen Dschungel und nach weiteren zwei Tagen erreichten wir Cuzsco, die Stadt der Inkas, welche sehr groß war. Die Inkas gingen ihren alltäglichen Beschäftigungen nach und ahnten nichts von der drohenden Gefahr.

Jetzt waren schon vier Tage vergangen und ich befand mich in der Vergangenheit. Das Bild, meine Rückfahrkarte befand sich wohlmöglich in der Kombüse von Pizarros Schiff und begann langsam zu zerfallen. Dort musste ich also wieder hin. Irgendwie! Mir lief echt die Zeit davon. Genau wie den Inkas.

12. Wettlauf mit der Zeit

Und dann war es so weit. Pizarro und seine Männer griffen ohne Vorwarnung die friedlichen Inkas an, die dann völlig in Panik umherrannten. Etwa 150 Soldaten, welche alle auf seinem Schiff mitgefahren sind stürmten die Siedlung. Es war echt grausig, dass mit anzusehen wie die friedlichen Indianer einfach umgebracht wurden. Sogar Kinder und Frauen waren mit dabei. Bei dem Anblick der Eroberung Cuzcos wurde mir schlecht und ich fiel auf die Knie. Die Indianer hatten keine Chance gegen die fortgeschrittene Waffentechnik der Spanier. Ich war wie gelähmt. Ich musste so schnell wie möglich von hier fort! Jetzt oder nie! Und so ergriff ich die Flucht und rannte mit aller Kraft in den Dschungel zurück. Ich wollte nur fort aus dieser Zeit. Ich rannte und rannte, aber irgendwann konnte ich das auch nicht mehr. Mein Bruder hatte mich in die Hölle geschickt. Es war brütend heiß, meine Lungen brannten und mein Bein schmerzte. So ließ ich mich dann schnaufend fallen.

„Ich … kann … nicht mehr. Ich … bin echt am Ende, verloren im peruanischen Dschungel. Wenn … ich das Bild … nicht bald erreiche, werde ich für immer hier bleiben und sterben", schnaufte ich.

Eigentlich stand ich ja auf Abenteuer und hatte mir schon etliche in der Glotze angeschaut, aber jetzt befand ich mich selber in so einem Abenteuer. Es war für mich wie ein Wettlauf mit der Zeit. Wenn ich diesen Wettlauf verliere, verliere ich auch mein Leben.

Der Dschungel war erfüllt von den Geräuschen der Tiere. Blätter und Lianen klatschten mir in das Gesicht. Diese Nacht musste ich im gefährlichen Dschungel verbringen und ich war völlig allein. Ich hatte mir ein Bett aus Laub errichtet und neben mir prasselte ein Feuer, damit ich mich wärmen konnte und das mir die wilden Tiere vom Leib hielt.

„Warum tut mir Justin so etwas an? Warum nur! Es ist so, als ob das Bild wirklich ein Monster aus ihm gemacht hat, dass nach Macht aus ist", redete ich mit mir selbst. „Er will mich umbringen!", kam mir dann der Gedanke und ich erstarrte. „Es ist seine Rache dafür, weil ich ihn nie richtig beachtet habe und ihn immer weggeschickt habe. Ich fass' es nicht! Er will mich vernichten! Wenn ich mir überlege, dass ein kleinerer Bruder zu so etwas fähig ist, wird mir speiübel!", redete ich weiter mit mir selbst, was sollte ich auch tun, es war ja keiner hier, der sich mit mir hätte unterhalten können. „Wenn ich mir überlege, dass Justin hinter meinem Rücken ständig eine Zeitreise gemacht hat und wahrscheinlich schon überall war, werde ich stinksauer! Und dabei war ich schon so oft auf dem verdammten Dachboden und habe mir dieses Bild angesehen, ohne zu wissen, dass es in der Lage ist, einen Menschen in die Vergangenheit zu versetzen und vielleicht sogar auch in die Zukunft. Wer weiß, vielleicht hat Justin sogar schon auf meinem Grab gestanden und es voll gespuckt!", redete ich mit mir weiter.

Dabei wurde ich aber dann immer müder und müder. Schließlich schlief ich im Dschungel ein.

Als ich am nächsten Morgen wach wurde, blickte ich plötzlich auf blutige Stiefel. „NA, WENN DAS NICHT UNSER SKLAVE UND WASSERTRÄGER IST!", hörte ich Francisco Pizarros Stimme sagen. Er zog mich dann vor seine Brust. „Haut einfach in den Dschungel ab, der Bursche! Konntest wohl nicht sehen, wie die armen Indianer abgeschlachtet werden und wie ich das Inkareich erobert habe! Und so etwas will später ein Mann werden!", lachte dann Pizarro. „Man ist kein Mann, wenn man ein ganzes unschuldiges Volk abschlachtet! DAS IST KRANK!", zischte ich vor Zorn. „DIR BRING ICH NOCH RESPEKT BEI!", fauchte Pizarro und wollte nach mir ausschlagen. „Vor so etwas, wie Ihnen habe ich keinen Respekt! Und jetzt lassen Sie mich auf der Stelle los!", fauchte ich. „VON DIR LASS ICH MIR SCHON MAL GAR NICHTS SAGEN! Du bist nichts weiter als ein Sklave und Dieb und du wirst auch als Sklave sterben!", fauchte Francisco Pizarro. „Und Sie sind ein machtgieriger Mörder! Sie wollen dieses Land hier nur ausbeuten! Und dafür bringen Sie unschuldige Menschen um!", zischte ich.

Ich riss mich dann von Pizarro los und rannte davon. „Holt meinen Sklaven auf der Stelle zurück oder ihr seid tot!", forderte Francisco Pizarro.

„Aye, Captain", antwortete der erste Offizier und stürmte mir in den Wald hinterher. Es war jetzt wirklich ein richtiger Wettlauf mit der Zeit und diesen würde ich verlieren, wenn ich nicht bald Pizarros Schiff erreiche, das Bild wieder an mich riss und von hier verschwinde. Und zusätzlich war

jetzt auch noch Francisco Pizarro auf mich sauer
und hinter mir her. Üble Falle, schlechter konnte es
ja nicht für mich stehen, außer dass mich mein
eigener Bruder mit dieser Reise tatsächlich
vernichten wollte.

13. In letzter Sekunde

Endlich lichtete sich der Dschungel und wurde durch Büsche und Palmen ersetzt. Ich hatte also wieder den Strand erreicht, an den Pizarros Armada angelegt hatte. Ich musste jetzt also nur noch zu Pizarros Schiff rennen, das Bild aus der Kombüse schnappen, den Spruch lesen und verschwinden. Es waren seit der letzten Zeitreise einige Tage vergangen. Theoretisch mussten es sieben ein halb sein, aber ich war mir nicht sehr sicher, denn im Dschungel hatte man halt kein richtiges Zeitgefühl. Also hatte ich noch einen Tag Zeit zu verschwinden – theoretisch. Aber leider ging das nicht so einfach, wie ich es am liebsten gehabt hätte, denn meine Verfolger, darunter Juan und Francisco Pizarro tauchten auch schließlich auf. „DA IST ER! Der entkommt uns nicht!“, fauchte Francisco Pizarro. Und schon musste ich noch mehr die Beine in die Hand nehmen, obwohl mich diese Schmerzen regelrecht lähmten, aber jetzt ging es nun mal um Leben und Tod für mich und so biss ich die Zähne zusammen.

Pizarros Schiff kam immer näher und näher und näher. Es war schon zum Greifen nah, bis sich mir welche von Pizarros Mannschaft in die Quere stellten. „Du entkommst uns nicht, Bursche!“, fauchten sie. „Oh doch!“ Ich stieß die Männer zu Boden und rannte die Gangway von Pizarros Schiff hoch. Endlich war ich auf dem Schiff, aber immer noch nicht in Sicherheit, denn ich befand mich ja immer noch in der Zeit.

Als ich auf Pizarros Schiff war, suchte ich seine
Kombüse, die ich dann auch fand. Ich wollte die
Tür öffnen, aber diese war leider verschlossen.

„VERDAMMT! Ich bin verloren!“, schrie ich
verzweifelt. Mir blieb keine andere Wahl, als die
Tür einzutreten, was ich auch versuchte. Beim
ersten Mal klappte dies leider nicht, aber dann beim
zweiten Mal. Die Tür flog donnernd und krachend
auf und da hing es, das Bild. Meine Rückfahrkarte,
welches schon langsam zerfiel. Die ersten Teile des
Holzrahmens zerfielen schon und die Farbe war
porös. Ich nahm es schnell von der Wand. Dabei
bröselten Teile des Holzes ab und zerfielen zu
Staub. Ich drehte es um und las den Spruch:

So wie des Abends Morgen,
versteht sich die Welt von Anfang an.
Der Zivilisation ihre Sorgen,
dauern auch im Vergangenen an.
Oh du Sohn der Zukunft,
Nimm mich ein,
durch des Bildes heil´gen Schrein.

Diesmal dauerte es länger, bis die Reise begann.
Pizarros Männer stürmten die Kombüse und sahen
dann, wie ich mich auflöste und mit dem Bild
verschwand.
„Was zum Teufel! Er ist weg! Wie ist das möglich!
Er hat sich aufgelöst! Das … ist unmöglich!“,
drehten die Männer durch und verließen schnell
Pizarros Kombüse. Wahrscheinlich hatten sie
Angst, Pizarro die schlechte Nachricht mitteilen zu
müssen.

14. Hilflos verloren im antiken Rom

Ich wurde in die Höhe gehoben und befand mich in einem Tunnel. Jetzt in der Zwischenzeit flogen sämtliche Zeitepochen, Orte und Kriege an mir vorbei. Neben den vielen Toten und Verletzten, die an mir vorbeizogen, sah ich die trauernden Familien und das verarmte Volk. Tragische Szenarien spielten sich in einer Art Tunnel ab, wie man das bei Zeitreisen aus vielen Filmen kannte. Auf einmal wurde es dunkel und ich merkte, wie ich auf Sand landete. Ganz sanft. Ich wurde förmlich abgelegt.

Als ich die Augen aufschlug, sah ich eine Art großes Stadion. Nur aus Stein und voll unmodern. Ich versuchte aufzustehen. Und es gelang mir.

Ich sah mich um, und plötzlich fiel mir Justin ins Auge. „Du hast es also doch geschafft zu entkommen! Wo warst du denn jetzt eigentlich?", fragte mich mein Bruder in einem gemeinen Unterton. „Das müsstest du eigentlich wissen! Du wolltest mich damit vernichten!", schrie ich.

„Los Ben! Nimm das Schwert und kämpfe wie ein Mann. Wer stirbt verliert! Und wer sich drückt, der stirbt!" „Was ist bloß mit dir geschehen, Justin? Du bist ein Monster geworden!" Er warf mir aber dann einfach das Schwert vor die Füße. „KÄMPFE JETZT! Oder willst du lieber gleich sterben!", fauchte er zurück.

„Ich kann doch nicht mit meinem eigenen Bruder um Leben und Tod kämpfen! Das geht nicht."

Und da ich wusste, dass es ausweglos war mit ihm
zu diskutieren und weil ich im Moment eh viel zu
viel Schiss vor ihm hatte, entschloss ich mich nach
einem Ausgang Ausschau zu halten.
Ich drehte mich im Kreis.
Von Justin hallte es zu mir rüber: „Willst du hier
jetzt etwa ein Tänzchen halten oder mit mir
kämpfen?"
Endlich hatte ich einen Ausgang entdeckt.

Ich rief zu Justin: „Nichts von beidem! Ich kämpfe
nicht gegen mein eigen Fleisch und Blut!", nahm
alle Kraft zusammen und rannte los, auch wenn ich
von meiner Tour im peruanischen Dschungel total
fertig war. Aber wegrennen war ja mittlerweile zu
meiner Spezialdisziplin geworden.
„Hey! Stopp! Du Feigling. Dir werde ich noch
zeigen, wer hier der Schlauere ist!"
Wieder hob Justin die Arme. Was er sagte, verstand
ich nicht. War mir auch egal, ich wollte hier
einfach nur weg.
Ich hörte ein lautes Rauschen hinter mir.
Ich sah mich noch einmal um und konnte meinen
Augen kaum trauen.
Um Justin hatte sich ein riesiger Schlauch aus
Wasser geformt. Beschwörend bewegte er seine
Hände. „Seit wann hat er denn Superkräfte? Diese
Zeitreisen machen mich echt verrückt", sagte ich.
Plötzlich visierte er mich mit seinen Augen an, die
blutrot waren. Es blitzte auch in ihnen. Das sah
total unheimlich aus. Was war nur mit ihm
geschehen? Ich rannte nun wieder mit dem Blick
nach vorne und noch schneller, als zuvor in den
Eingang hinein und durch einen kleinen Tunnel.

Justin schleuderte den gesamten Wasserschwall auf
diesen. Das Wasser durchbohrte ihn wie Butter und
zertrümmerte die Stützwände. Die Türme und
Tribünen über dem Tunnel fielen ein und wurden
ebenfalls vom Wasser mitgerissen.
Ein Glück, dass ich schnell aus dem Ausgang
herausgerannt war, sonst wäre ich entweder
ertrunken oder von Steinen erschlagen worden.
Ich lief weiter durch die Stadt. An einem Geschäft
stand: „Roma“. War ich etwa in Rom gelandet?
Dann war diese Arena mit Sicherheit das
Kolosseum. Ich lief weiter bis ich in die Stadt kam.
Aus dem Kolosseum hörte ich nur: „BEN, ICH
WERDE DICH FINDEN UND VERNICHTEN!!!“

Erschrocken lief ich wieder weiter, bis ich
schließlich im Schatten der Häuser
zusammenbrach.
„Ich will hier weg. Ich will wieder nach Hause.“

Weinend lag ich nun auf der Straße und wusste
weder ein noch aus. Ich hatte jetzt kein Bild mehr,
mit dem ich nach Hause kommen könnte, keine
Idee, wie ich hier überleben könnte und auch keine
Kraft mehr, um weiter zu laufen.
Ich war also, hilflos verloren im antiken Rom.
Das einzige was positiv war: Ich hatte wieder
sieben Tage Zeit, um eine Lösung für mein
Problem zu finden.

15. In einer neuen Familie

Nach ein paar Minuten kam eine Frau vorbei. Sie
war etwa 30 Jahre alt und hatte ein typisch
römisches weißes Gewand an. Sie blieb vor mir
stehen und fragte: „So ein junger Bursche und
schon auf die schiefe Bahn geraten. Kann ich dir
irgendwie helfen, mein Sohn?"
„Oh ja, werte Frau. Könntet ihr mir ein Stückchen
Brot geben, damit ich über den Tag komme?"
„Nein! Ich nehme dich lieber mit. Dein blaues
Auge und dein Bein müssen dringend versorgt
werden. Ich werde dich vorerst bei uns aufnehmen.
Wo sind denn eigentlich deine Eltern?"
Wenn ich jetzt die Wahrheit sagen würde, würde
mich die nette Frau für verrückt halten. Also griff
ich zu einer kleinen Notlüge: „Mein Vater ist im
Krieg gefallen und meine Mutter ist verhungert."
„Oh mein Gott! Das ist ja grauenvoll. Los Junge.
Steh auf."
„Ich kann nicht. Meine Beine sind taub und ich
kann sie nicht mehr richtig bewegen. Außerdem
brummt mein Schädel und mein Rücken tut extrem
weh."
„Los komm, ich helfe dir."
Die nette Frau half mir hoch und stützte mich beim
Laufen.
Mit verzogenem Gesicht stand ich auf, während
mir die nette Dame dabei half.
Gemeinsam gingen wir in einem ermüdenden
Tempo die Straße entlang.
Nach wenigen Minuten erreichten wir ein großes
Tor. Wir gingen hindurch und ich konnte meinen

Augen kaum trauen. Hinter dem Tor lag ein
riesiges Areal.

Wiesen, gepflegte Blumenbeete, eine kleine
Ölpalmenplantage und noch vieles mehr.
Die Krönung war aber das Haus in der Mitte. Eine
kreideweiße Villa, welche mich an die vielen Filme
mit den Römern erinnerte: hohe Säulen, kunstvoll
gestaltete Figuren und antike Gegenstände. Wobei
diese Gegenstände, in der Zeit wo ich gerade war,
noch nicht antik waren, sondern einfache Elemente
zur Dekoration.
Die Frau und ich gingen in das tempelähnliche
Gebäude und sie brachte mich in einen Raum mit
einer Liege.
Danach verließ sie das Zimmer mit den Worten:
„Leg dich ruhig hin. Ich hole meinen Mann und
unseren Arzt. Die beiden werden dich versorgen.“
Nach nur wenigen Minuten stand ein edel
gekleideter Mann in der Tür und musterte mich. Ich
vermutete, dass die Familie wohlhabende, wenn
nicht sogar adlige Aristokraten waren. Also Teil
der einflussreichen Bevölkerungsschicht im
Römischen Reich.
Nachdem er mich von oben bis unten genauestens
begutachtet hatte, sagte er: „Zieh dich mal aus, ich
will sehen, ob du noch mehr Verletzungen hast.
Außerdem siehst du aus wie ein Bauerntölpel, so
kann man dich nicht auf die Straße lassen.“
„Das ist wohl wahr, was ich auch alles
durchgemacht habe“, dachte ich mir, „ich hatte ja
schließlich noch meine Mittelalterklamotten an und
kam vom peruanischen Dschungel und dann noch

dieser Kampf mit meinem Bruder. Zum Umziehen
kam ich ja vorhin nicht."
Ich zog also meine Sachen aus und legte sie fein
säuberlich neben mir ab.
„Du ziehst bitte alles aus.
Ich weiß zwar jetzt nicht, was du um die Taille
trägst, aber auch das legst du bitte bei Seite."
Ich erwiderte: „Muss das denn sein? Das ist mir ein
wenig peinlich."
„Pein und Schamgefühle sind Umstände, die wir in
unserer Familie nicht dulden. Meine Frau hat mir
bereits alles über dich erzählt, was sie weiß. Und
wenn wir dir helfen sollen, wieder auf die Beine zu
kommen, musst du schon etwas kooperativer sein.
Zeig schon her, so schlimm kann es doch nicht
sein."
Widerwillig zog ich auch meine Boxershorts aus,
welche das Einzige waren, was noch aus der
Gegenwart an meinem Körper war.
„So, dann lass mich mal sehen", murmelte der
Mann.
Er sah sich meine Hämatome an Armen, Beinen
und auf meiner Brust an.
Als er mich drehte, um auch den Rücken zu
begutachten, erschrak er fürchterlich.
Was war wohl so Schlimmes auf meinem Rücken?
Er rief: „Dorius, komm mal schnell her! Sieh dir
das an."
Ein Mann in einer weißen Toga betrat den Raum
und lief schnurstracks auf mich zu, drehte mich mit
viel Schwung um, so dass ich mir einen Laut nicht
verkneifen konnte, und betrachtete meinen Rücken.
Nach mehrfachem gegenseitigem Kopfnicken und
Getuschel von den beiden, sagte der Arzt mit

besorgter Stimme: „Sieht mir hier nach einem Fall von Rückenblutungen aus.“
Ich konnte es nicht mehr länger ertragen, schließlich stand ich immer noch völlig nackt im Zimmer: „Könnten Sie mir jetzt endlich sagen, wie es auf meinem Rücken aussieht und mir meine Sachen wiedergeben? Ich fühle mich nicht wohl so entblößt in der Gegend zu stehen.“
„Oh, ja natürlich“, lenkte der Arzt ein.
Aber der andere Mann konterte: „Du willst hier aufgenommen werden? Dann hast du dich auch an meine Anweisungen zu halten! Aber ich werde jetzt eine Ausnahme machen. Du läufst jetzt den Gang bis ganz nach hinten. Auf der linken Seite ist eine Tür. Tritt einfach ein und sage dem Schneider, dass du gerne eine einfache Toga hättest. Suche dir ruhig eine Farbe raus. Wir haben fast alle.“
„Darf ich mir wenigstens meine Unterhose wieder anziehen?“
„Nein! Tritt ab jetzt. Du kannst froh sein, dass du überhaupt ein paar anständige Sachen von mir bekommst! Deine sogenannte >> Unterhose << oder was immer das auch ist, werde ich direkt entsorgen. SO etwas ziemt sich in unseren Reihen nicht.“
Mit den Händen vor der Taille rannte ich aus dem Zimmer, den Gang hinunter in das Zimmer, welches er gemeint hat.
Dort bekam ich meine Toga und ging wieder zurück. Ich hatte immer noch fürchterliche Schmerzen und keine Ahnung, was eine Rückenblutung war.

Die beiden Männer hatten sich nun in den Gang
gesetzt und unterhielten sich mit der netten Dame,
die mich hier hergebracht hatte.

Der Mann sah alles andere als begeistert aus, aber
die Frau machte einen sehr seriösen Eindruck und
schien ihn überzeugen zu können. Wovon auch
immer.
Nun kamen alle drei auf mich zu und brachten
mich in den Garten, wo ich erst einmal ein wenig
entspannen sollte.
Es tat gut zu liegen. Schon nach wenigen Minuten
auf der Decke, schlossen sich meine Augen, wie
von selbst und ich war sofort im Tiefschlaf.

16. Narella

„Wo bin ich? Mama?", sah ich dann auf und blickte umher. Ja, ich war zuhause. Aber wie war das jetzt möglich? Ich war doch gerade noch 2000 Jahre und über 1500 Kilometer von zuhause entfernt. Oder träumte ich etwa? Nein. Das kann doch nicht sein, weil ich nie solche komischen Träume habe, wo ich mit mir selber rede.
Aber was ist das?
Magdalena? Oh nein. Ein Krankenwagen. Ist ihr etwas passiert?"
Schnell versuchte ich los zu laufen. Aber es ging nicht. Ich war wie gefesselt.
Naja, dann musste ich wohl oder übel mit diesem Aussichtspunkt Vorlieb nehmen.
Magdalena wurde auf einer Trage in den Krankenwagen befördert. Sie hatte einen blutigen Arm. Sah aus wie Bisswunden, aber sicher sein konnte ich mir nicht, da ich viel zu weit weg stand.
Der Krankenwagen machte das Blaulicht an und die Sirene heulte los. Sie fuhren mit einem Höllenlärm unsere Straße hinauf.
Mit einem Mal kam Mama mit Oma etwas näher an mich heran. Sie redeten.
„Es ist wirklich unfassbar. Was fällt diesem Trottel auch ein, einfach seinen Köter auf Magdalena zu

hetzen. Das kann doch alles nicht wahr sein. Ich mache mir solche Sorgen."

„Es wird schon alles gut. Wenn dein Mann dabei ist, wird immer alles gut. Als sie die Platzwunde am Kopf hatte, da war er auch mit. Und es verheilte sehr schnell und sie konnte wieder mit nach Hause."

Immer wenn meine Mutter mit Magdalena im Krankenhaus war hat sich ihr Zustand verschlechtert. Und wenn Papa dann noch aufkreuzte, ging es ihr schon nach wenigen Tagen wieder blendend. Keiner wusste, woran das liegt. Aber es war halt so.

Auf einmal blendete mich etwas. Die Sonne? Nein, die war es nicht. Und mit einem Mal schwebte ein Engel vor mir. Jetzt musste ich völlig am Rad drehen. Mich besuchen Engel.

„Hallo Ben. Ich bin Narella. Dein persönlicher Ratgeber und Beschützer in der Vergangenheit. Dein Bruder hat versucht, dich zu vernichten. Aber du konntest seinem Zauber entkommen. Er hat ohne dein Wissen allerdings einen Zauber angewandt, der die Gegenwart wieder zum Laufen bringt. Normalerweise bleibt diese ja stehen, sobald du dich auf Zeitreise begibst, doch dieser mächtige Angriffszauber hat halt diesen kleinen Nebeneffekt. Außerdem hat er noch einen zweiten durchgeführt: Er fügt einem Familienmitglied in der Gegenwart Schaden zu. In der Vergangenheit sind Zauber zumeist unsichtbar. Außer natürlich Angriffszauber, wie dieser riesige Wasserschlauch."

Mit offenem Mund stand ich da und konnte kaum glauben, was der wunderschöne Engel, der vor mir

schwebte, sagte. Aber seine Stimme hatte ich schon mal gehört. Und zwar als ich im peruanischen Dschungel zusammengebrochen war.
„Aber ... aber ... woher weißt du das?"
„Wie gesagt, ich bin dein Beschützer und Ratgeber. Ich bin überall und nirgends. Ich sehe alles, was du in der Vergangenheit tust."
Nach dem Vorfall von Magdalena und dem komischen Engel war ich mir sicher, dass dies nur ein Traum sei.

Aber ich konnte nicht aufwachen. So sehr ich es auch versuchte. Es ging nicht.
Also fragte ich: „Und wieso erzählst du mir das? Das ist doch sowieso alles nur ein Traum."
„Das ist kein Traum, Ben. Dies ist eine Vision aus der Zukunft. Wenn du diese Vision nicht ernst nimmst, wird deine Schwester sterben. Wenn du mit deinem Bruder zusammen nach Hause reist, hat sie noch eine Chance."
„Ach! Du spinnst doch. Ich will mich nicht mit dir rumplagen und lieber wieder aufwachen."
„Wie du willst, Ben. Doch ich rate dir, mich ernst zu nehmen. Du wirst ansonsten schon sehen, was du davon hast", erklärte der Engel.
„Ach so, und was ich dir noch sagen wollte, bevor deine Vision endet: Reise so schnell wie möglich zurück. Du hast noch bis zum nächsten Vollmond Zeit. Und vergiss deinen Bruder nicht. Ohne ihn kannst du hier ohnehin nicht verschwinden. Ihr könnt euch zwar parallel in unterschiedlichen Vergangenheiten bewegen, doch in die Gegenwart zurückkehren könnt ihr nur gemeinsam…"

Plötzlich schreckte ich hoch. Schweißgebadet und zitternd saß ich auf der Decke in dem römischen Garten.

„Ob nicht vielleicht doch etwas Wahres in der Botschaft steckt?", dachte ich, „naja egal. Wenn ich jetzt meinem Bruder begegne, bin ich ein toter Mann. Mit Sicherheit! Aber ich muss wieder nach Hause. Zuhause ist er nicht so mächtig, wie hier im antiken Rom. Aber vielleicht funktioniert es so, wie auf dem Dachboden, als ich zum ersten Mal in die Vergangenheit gereist bin. Da habe ich ja auch nur den Spruch von Justin wahrgenommen, und wurde mit ihm mitgerissen. Also funktioniert das mit Sicherheit auch bei ihm. Aber ich habe ja gar kein Bild. So ein verdammter Mist. Das kann doch nicht wahr sein. Ich brauche unbedingt eins, sonst komme ich hier nie wieder weg."

Also stand ich auf und suchte die Hausherren auf, um zu fragen, ob es hier irgendwo eine Art Bildergalerie gab. Schließlich war ich in einer reichen Familie gelandet. „Hier muss es einfach eine Bildergalerie geben. Da bin ich mir sicher."

17. Die Entdeckung

Nach ein paar Minuten hatte ich zwar nicht den
Mann gefunden, aber immerhin sie. Sie wusste
bestimmt auch etwas darüber.
Als ich sie darauf ansprach, sagte sie: „Ja. So etwas
haben wir. Aber, sag mir, mein Sohn: Wieso
möchtest du das wissen?"
Jetzt musste ich die gutmütige Frau schon wieder
anlügen, wie auch zuvor auf der Straße: „Naja,
wissen Sie. Ich liebe halt Kunst und ich mache
auch gern selber Kunst. Und meine Inspiration hole
ich mir gerne von alten Bildern und Gemälden."
„Nun gut. Du bist so ein lieber Junge und man soll
der Kreativität seiner Kinder keine Grenzen setzen.
Ich werde sie dir zeigen. Aber bitte nicht länger als
eine halbe Stunde, weil es dann Mittagessen gibt.
Wie heißt du überhaupt?"
„Ich bin Ben. Ben Männel. Und Sie?"
„Mein Name ist Rosa de Roma, Fürstin zu Rom
und seinen Gebieten und Frau des Fürsten Nikius
dem Bescheidenen."
‚Oh mein Gott. Jetzt war ich wirklich in einer
römischen Adelsfamilie gelandet. Na toll. Aber
egal. Hauptsache ich finde so ein Bild', dachte ich.
Die hohe Dame führte mich ein paar Treppen
hinunter in den Keller und anschließend in einen
großen Saal.
„Hier, sammle deine Inspirationen und komme
dann pünktlich zum Mittagessen. Ich werde dir in
dein Zimmer, in dem du dich umgekleidet hast, ein
paar Malsachen aufbauen lassen."

„Vielen Dank eure Hoheit.“
„Ach und bitte fang nicht mit dem höfischen
Gerede an. Wir sind hier zuhause. Nenne mich
ruhig Rosa. Bis später Ben.“
Sie verließ die düsteren Gemäuer, die nur mit ein
paar Fackeln ausgeleuchtet waren und ich begab
mich auf die Suche nach dem Bild.
In dem Raum hingen bestimmt 100 Bilder an den
Wänden. Viele weitere lagen in der Mitte des Saals
aufeinandergestapelt auf einem kleinen Tisch.
Nach einer knappen halben Stunde war ich alle
Bilder durchgegangen, hatte aber leider nicht das
gefunden, was ich haben wollte.
„So ein Mist!“, fluchte ich vor mich hin.
Ich ging die Treppen hoch, wo mir auch schon
Rosa entgegen kam.
„Huch, gut, dass du schon kommst. Ich wollte dich
gerade holen.“
Gemeinsam gingen wir in den Speisesaal, der
verdammt lang war. Und der Tisch in der Mitte war
genauso lang, wie der Raum und mit lauter
Leckereien gedeckt.
Bananen, Äpfel, Gänsebraten, Brot. Und sogar
Quark oder sowas in der Art.
Mir lief das Wasser im Mund zusammen.
Ich setzte mich und erstarrte wie zu Stein.
Da hing das Bild. Das Bild, welches ich im Keller
gesucht hatte. Das Tor zur Heimat und meiner
Familie.

Oder zumindest zu dem Teil, der mich nicht
umbringen wollte.
„Ben? Ist alles in Ordnung mit dir?“, fragte Rosa.

„Komm schon, Weib. Wir pflegen bei Tisch bitte
den höfischen Wortlaut, wenn wir gemeinsam mit
unserem Gast speisen."
„Ach Nikius. Ich habe unseren Gast bereits darüber
aufgeklärt, wer wir sind und dass wir zuhause und
nicht am Hofe sind. Das heißt, dass wir normal
reden können."
„Dann reden wir halt normal. Find´ ich persönlich
sowieso besser."
„Ja. Ach so Ben. Du kannst Fürst Nikius auch
einfach Nik nennen. Das ist sein Spitzname", sagte
die Fürstin.
„Ok. Mach ich."
Noch immer starrte ich das Bild an.
Der Fürst hatte das mitbekommen: „Ben?"
Schnell wandte ich meinen Blick von dem Bild ab
und sah Nikius an.
„Ist was Ben?"
Schnell antwortete ich: „Nein, alles in Ordnung.
Ich habe gerade nur ein wenig geträumt."
„Dann lasst uns nun mit dem Essen beginnen."
Das Mahl schmeckte prächtig. Und als wir fertig
waren, legte ich mich wieder auf die Decke im
Garten.
Ich hatte zwar erst vor zwei Stunden geschlafen,
aber schon wieder völlig übermüdet fiel ich sofort
in Tiefschlaf.

…

18. Schon wieder Narella

„Ben! Hallo? Ich bin's. Narella."

„Du? Wieso du schon wieder?"

„Du weißt doch, ich bin dein Beschützer. Und als wir uns Letztens gesprochen haben, war deine Schlafenszeit abgelaufen. In der Vergangenheit schläft man manchmal tagelang nur zwei Stunden am Stück. Man ist dann aber auch nur etwa zwei bis drei Stunden wach."

„Und was ist, wenn ich mitten in einem Kampf stecke? Mit Justin zum Beispiel."

„Dann schläfst du natürlich nicht ein. Ist doch klar, dass du, wenn du voller Adrenalin und Wut bist nicht schlafen kannst. Aber was ich dir eigentlich sagen wollte ist, dass dein Bruder auch diese Visionen hat. Er hat genauso wie du von dem Unfall deiner Schwester erfahren. Und du musst ihn jetzt aufsuchen, damit ihr gemeinsam in die Gegenwart reisen könnt, wenn ihr eure Schwester retten wollt."

„Will er das überhaupt?"

„Keine Ahnung. Es kann sein, dass er versuchen wird, dich wieder zu töten, es könnte aber auch sein, dass er sofort damit einverstanden ist, dich zu begleiten"

„Und wie soll ich ihn davon überzeugen, wenn Fall Nummer eins wahr wird und nicht der zweite?"

„Deswegen hast du ja diese Vision. Ich werde dir jetzt eine Art magische Essenz über deine Hände tropfen. Sie wird dir helfen, ihn zu bändigen. Halte sie auf deinen Bruder und sage laut „Abralius".

Dein Bruder wird plötzlich in die Luft fliegen von
Wolken eingehüllt werden und dann sanft vor dir
landen. Wenn das passiert ist, kannst du in Ruhe
mit ihm sprechen. Achte aber darauf, dass der
Zauber nur fünf Minuten wirkt. Beeile dich also."
„Gut ok. Also. Wo ist das Gebräu?"
„Immer mit der Ruhe. Sprich mir nach:
Ich der Herrscher,
der Herrscher der Paralyse,
verspreche, dass ich nicht missbrauche ihre Kraft."

Ich wiederholte:
„Ich der Herrscher,
der Herrscher der Paralyse,
verspreche, dass ich nicht missbrauche ihre Kraft."

„Ich werde jetzt das heilige Wasser über deine
Hände tropfen. Solange du dich nun in der
Vergangenheit aufhältst, so lange kannst du diesen
Zauber ausüben. Allerdings benötigt er etwa sechs
Stunden, um sich zu regenerieren. Denke also nach,
bevor du ihn einsetzt.
Ich werde dich nun in Tiefschlaf versetzen. Dort
angekommen wirst du sehen, wie es deiner
Schwester aktuell ergeht."

…

„Magdalena!", rief Mama, „bitte wache wieder
auf."
Mit Tränen überströmten Gesicht saß sie neben
einem Krankenhausbett, in dem Magdalena lag.

„Bitte verlass uns nicht!“, fuhr sie fort.
Auf einmal ging hinter ihr eine Tür auf. Ein Mann
im weißen Kittel trat ein und sagte: „Es steht
schlecht um ihre Tochter. Wenn wir Glück haben,
wird sie in den nächsten Tagen gesund, oder sie
wird uns verlassen. Die Chancen stehen aber leider
eher schlecht. Es tut mir sehr leid. Nur ein Wunder
kann sie noch retten.“

Das tat weh. Die Worte des Arztes hallten in
meinem Kopf so lange bis ich es nicht mehr
aushielt.
Auf einmal schreckte ich hoch und schrie mit aller
Kraft die ich hatte: „NEEEEIN!!!!“

19. Die Erholung

Ich war wieder aufgewacht. Schweißgebadet saß
ich nun auf der Decke im Garten der römischen
Fürstenfamilie.
Mein Herz pochte mir bis zum Hals, meine Hände
zitterten und meine Haare klebten an meiner Stirn.
Auf einmal kam hinter mir Rosa, wild mit den
Armen wedelnd, aus dem Haus gerannt: „Ben, was
ist passiert? Ist jemand eingebrochen? Hat dir
jemand etwas getan? Los rede schon!“
„Nein, es ist alles gut. Ich habe nur schlecht
geträumt.“
„Na, da bin ich ja beruhigt. Ich werde sofort meine
Kammerzofe auffordern, dir einen Traumfänger zu
besorgen, damit du nicht noch mehr schlechte
Träume bekommst.“
„Nein, danke. Es geht schon.“
„Doch, doch. Einer Legende zu Folge soll ein
Ritter mit schlechten Träumen seine Schwester
verloren haben, weil er Visionen hatte, die er nicht
erfüllen wollte und konnte.“
„Wie jetzt? Das kann doch nicht sein. Erzählst du
mir bitte die ganze Geschichte?“
„Ja gerne, aber nicht jetzt. Jetzt gehst du dich
erstmal waschen. Dort hinten ist ein kleiner See.
Dort kannst du dich entkleiden und dich waschen.
Ich bringe dir dann neue Sachen vorbei.“
„In Ordnung. Vielen Dank.“
„Kein Problem. Wir sorgen immer gut für unsere
Gäste. Das ist eine sehr wichtige Regel in unserer
Familie.“

Mit zügigen Schritten ging sie ins Haus und
verschwand hinter der nächsten Ecke.
Ich stand auf und lief in die Richtung, in die Rosa
gezeigt hatte.
Nach gut 50 Metern erreichte ich den kleinen See,
von dem sie gesprochen hatte.
Das Wasser war klar und angenehm kühl. Ich zog
meine Schuhe aus und hielt meine Füße ins
Wasser.
Die leichten Wellen und die leichte Brise des
Windes stiegen an meinem Bein empor und fielen
auch gleich wieder ab.
Nun kam Rosa auch schon wieder zurück.
„Du bist ja noch gar nicht richtig im Wasser. Los,
zieh dich schnell aus. Das Wasser ist herrlich. Ich
war vorhin auch schon baden.“
Erst zögerte ich, aber schließlich begann ich
langsam und schüchtern meine Toga auszuziehen.
Plötzlich warf Rosa einen Satz ein, den ich jetzt
eigentlich nicht erwartet hätte, nach alle dem was
ich bis jetzt durchgemacht hatte, was das
Ausziehen betraf: „Ach, ich merk schon. Du willst
dich nicht vor einer fremden Frau entblößen. Ich
versteh schon. Ich gehe rein und bereite zusammen
mit meiner Köchin das Nachmittagsmahl zu.“
Erleichtert blickte ich ihr in die Augen und sagte:
„Vielen Dank.“
„Vielen Dank wofür?“
„Für alles, was du bis jetzt für mich getan hast. Du
hast mir etwas zu essen gegeben, meine Wunden
versorgt und mir ein Dach über dem Kopf
verschafft. Danke. Und auch danke dafür, dass du

meine Privatsphäre achtest. Dein Mann ist da
irgendwie anders."
„Ach so. Hab ich doch gerne gemacht. Ich weiß,
dass mein Mann sich für so etwas nicht interessiert,
aber er ist ja gerade nicht hier. Also dann bis
gleich. Komme, wenn du fertig bist, einfach wieder
in den Speisesaal. Deine neuen Sachen lege ich
dort drüben unter den Baum."
„Ja, bis gleich Rosa."
Als Rosa hinter den Bäumen verschwunden war,
zog ich schnell auch den Rest aus und stieg in das
Wasser.
Schritt für Schritt wurde das Wasser tiefer. Als es
meine Knie erreichte, zuckte ich kurz zusammen.
Plötzlich war ein stechender Schmerz zu spüren.
Das waren meine Wunden, die nun anfingen zu
brennen. Aber schon nach kurzer Zeit hörte es auf
und ich ging weiter in das Wasser hinein.
Die kleinen Wellen schwappten gegen meinen
Bauch, welcher ebenfalls zuckte. Allerdings nicht
vor Schmerzen, sondern weil er vor dem kühlen
Nass zurückgeschreckt ist.
Nun atmete ich einmal tief ein und tauchte unter
die Wasseroberfläche. Ich öffnete die Augen und
konnte ein paar kleine Teichfische erkennen. Die
schillernden Farben sahen einfach nur
wunderschön aus. Ich dachte an Magdalena. Ich
musste unbedingt meinen Bruder finden, damit er
mit mir in die Gegenwart zurückkehrte, um
Magdalena zu retten.
Langsam ging mir dann die Luft aus.
Ich hob den Kopf wieder über die
Wasseroberfläche und ging nachdenklich Schritt
für Schritt zurück ans Ufer.

Ich zog die Sachen an, welche mir Rosa
bereitgelegt hatte und ging ohne Umwege ins Haus
und in den Speisesaal, wo schon alle am
Essenstisch saßen.
„Na endlich. Dann können wir ja jetzt mit dem
Mahl beginnen", sagte Rosa und schaute mich
dabei an.
Schnell setzte ich mich und wir begannen ein paar
Kleinigkeiten zu essen. Fast wie zuhause. Nur nicht
mit deutschen Keksen von Mama, sondern mit
römischen Keksen und Kuchen von Rosa. Wirklich
sehr lecker.

20. Die Rückkehr

Nach der kleinen Zwischenmahlzeit wollte Rosa noch einmal in die Stadt gehen, sie rief dann noch nach: „Die Legende erzähl ich dir, wenn ich wieder zurück bin."
Sie schnappte sich einen Weidenkorb und ging zur Haustür hinaus.
Nachdem sich Nik von Rosa verabschiedet hatte, sagte er zu mir: „Ich bin im Skulpturengarten direkt hinter dem kleinen Teich."
Das war für mich eine sehr gute Gelegenheit, das Bild von der Wand zu nehmen und ganz unauffällig zu verduften. Meine Wunden hatten sich schon wieder etwas erholt und ich fühlte mich fit genug, um die „Höhle des Löwen" zu betreten.
Nachdem Nik verschwunden war, ging ich auf das Bild zu und nahm es einfach von der Wand. Auf der Rückseite stand wie gewohnt der Spruch, der mich in die Heimat bringen sollte.
Ich ging also in Richtung Eingangstür und wollte gerade das Grundstück verlassen, als mich eine Wache ansprach: „Wo wollen Sie denn mit dem Bild hin?"
Nun musste ich wohl meine Künste im Lügen mal wieder unter Beweis stellen. Andernfalls wäre Rennen eine sehr nützliche Fähigkeit, die ich ausnutzen sollte.
„Rosa, pardon die Fürstin, wollte es auf dem Wochenmarkt verkaufen und hat es aber hier vergessen. Ich soll es ihr im Auftrag ihres Mannes, dem Fürsten, bringen", flunkerte ich.

„Oh, ich verstehe. Dann möchte ich Euch nicht im
Weg stehen. Gehabt Euch wohl“, sagte die Wache.
Eilig verließ ich den Eingangsbereich, wo die
Wache stand und machte mich auf den Weg in
Richtung Kolosseum. Das war meine einzige Idee,
weil ich Justin dort das letzte Mal gesehen hatte.
Also ging ich durch die engen Gassen Roms, bis
ich auf dem Vorplatz des Kolosseums ankam.
Ich schlich mich heimlich in einen der Eingänge
und trat in die atemberaubende Arena ein. Und
tatsächlich. In der Mitte saß Justin. Es sah so aus,
als würde er meditieren. Schnell versteckte ich
mich hinter einer Säule und beobachtete ihn eine
Weile.
Nach ein paar Minuten Totenstille sprach Justin mit
tiefer und bedrohlicher Stimme: „Hallo Ben. Tritt
nur ruhig näher. Ich weiß, dass du hier bist. Und
ich wusste auch, dass du kommen würdest. Los!
Tritt in die Arena ein, ich will dein Gesicht
sehen!“, forderte er.
Vorsichtig trat ich hinter der Marmorsäule hervor
und begab mich in die Kampfzone des
Amphitheaters. Justin stand auf und hob
verschwörerisch die Hände.
Nun ging alles ganz schnell.
Justin versuchte sich an einigen magischen
Bewegungen und es bildeten sich blaue Kugeln an
seinen Händen.
Ich zögerte nicht lange und richtete meine Hände
auf ihn und schrie ganz laut: „ABRALIUS!!“
Ein grün-blauer Blitz schoss auf meinen Bruder
und ein weiterer in den Himmel. Auf einmal kamen
große Wolken zu uns herabgestiegen.

Justin lag wie gelähmt auf dem Boden.
Die Wolken hüllten ihn ein und trieben ihn zu mir.
„Justin, verdammt noch mal! Du dummes Kind.
Was ist nur mit dir geschehen! Nur wegen so einem
kleinen Streit willst du mich gleich umbringen.
Und das ist dir ja auch fast gelungen. Wir sind doch
Brüder! Du bist zu einem echten Monster mutiert!
Das Bild hat irgendetwas mit dir angestellt."
„Ja, es hat mir Macht verliehen." „Und diese Macht
ist dir zu Kopf gestiegen und hat dich zu einem
Monster gemacht." „Und ich habe dich lange genug
ertragen müssen, aber jetzt ist Schluss damit!
KORELLIA ABRETIS!!", schrie er kalt.
„Bleib ganz ruhig, Justin. Deine Zaubersprüche
helfen dir jetzt auch nicht mehr weiter. Meiner ist
nämlich stärker." Das hoffte ich zumindest. „Aber
jetzt mal zu den wichtigen Dingen: Weißt du, was
mit unserer Schwester passiert ist?", fuhr ich fort.
„Nein, was soll schon mit der sein. Die Gegenwart
steht ja still."
„Von wegen! Das stimmt nicht. Durch deinen
Zauber, den du gegen mich angewandt hast, wurde
die Gegenwart wieder in Bewegung gesetzt und ein
Mensch wurde verletzt. Und der verletzte Mensch
ist Magdalena. Sie liegt im Sterben und wenn wir
nicht bald wieder nach Hause reisen, wird sie es
nicht überleben."
„Hm, na gut. Aber ich mache das nicht für dich,
sondern für unsere Schwester. Mit dir rechne ich
später noch ab!"

Wir schauten uns an. Ich holte das Bild von der
Tribüne, wo ich es sicherheitshalber hatte

liegenlassen, und las den Vers auf der Rückseite
vor:

> So wie des Abends Morgen,
> versteht sich die Welt von Anfang an.
> Der Zivilisation ihre Sorgen,
> dauern auch im Vergangenen an.
> Oh du Sohn der Zukunft,
> Nimm mich ein,
> durch des Bildes heil´gen Schrein.

Und mit einem Mal spürte ich wieder Teppich
unter meinen Füßen. Ich schlug die Augen auf und
sah unseren Dachboden. Ich schaute Justin an und
wir gingen schnell gemeinsam die Treppen
hinunter. Justin war optisch wieder zu einem
normalen Jungen geworden. Seine bedrohliche
Ausstrahlung war wie durch Magie verschwunden.
Immer noch war ist überrascht, dass er ohne
Gegenrede eingewilligt hatte, Magdalena zu retten.

21. Krankenbesuch

Wir stürmten in die Wohnung, wo Mama und Papa
auf dem Sofa saßen und weinten.
„Mama! Papa!", riefen Justin und ich im Chor.
„Kinder, endlich seid ihr wieder da", schluchzte
Mama.
„Eure Schwester liegt mit einer schweren
Blutvergiftung im Krankenhaus, weil sie von einem
Hund gebissen wurde. Und so wie es momentan
aussieht, wird sie es nicht überleben", fuhr Papa
fort.
Nun heulte Mama noch lauter. Ihr Oberteil war
schon völlig durchnässt und ihre Augen rot.
Nun kamen auch mir langsam die Tränen.
„Ich darf nicht weinen. Sie wird es schaffen. Und
das kann sie nur, wenn wir stark sind und an sie
glauben", dachte ich mir.
„Sie schafft das schon. Sie wird wieder gesund. Sie
braucht uns jetzt. Los kommt, lasst uns zu ihr
fahren", sagte ich zu meinen Eltern.
„Die beiden können jetzt unmöglich Auto fahren.
In diesem Zustand würden sie wohlmöglich noch
einen Unfall bauen", raunte Justin mir ins Ohr.
„Stimmt, du hast recht", antwortete ich. Papa warf
ein: „Ihr Anblick würde mich noch mehr
erschüttern. Ihr könnt gerne hinfahren, aber Mama
und ich bleiben hier."
„Ok, dann fahren wir alleine. In welchem
Krankenhaus liegt sie denn?", fragte ich.

„In der Kinder-Eltern-Klinik Dresden-
Oberpoyritz.“

„Oh Gott, das ist ja weit. Egal. Los Justin, wir
machen uns auf den Weg.“
Justin und ich liefen an die Bushaltestelle, die etwa
einen halben Kilometer entfernt war und schauten
auf den Fahrplan. Leider fuhr kein Bus. Also liefen
wir zum Bahnhof, der weitere zwanzig Minuten
entfernt war.
Wir stiegen in den nächsten Zug in Richtung
Dresden.
Während der Fahrt schauten Justin und ich uns
nicht einmal an. Nur als der Schaffner kam und uns
nach den Fahrscheinen gefragt hat, hatten wir uns
kurz angeguckt und rannten quer durch den Zug.
Unsere Fahrkarten lagen nämlich noch zuhause. Da
der Zug relativ lang war, liefen wir so lange bis die
Haltestelle Dresden-Pillnitz ausgerufen wurde; was
hieß, dass wir hier aussteigen mussten, weil der
Stadtteil neben Pillnitz schon Oberpoyritz war.
Sofort verließen wir den Bahnhof und liefen
zügigen Schrittes durch die wunderschönen Straßen
der Vororte der sächsischen Landeshauptstadt, bis
wir unser Ziel erreicht hatten.
Wir stürmten in das Atrium der Klinik und fragten
sofort nach Magdalena Trell. Magdalena hatte den
Namen meiner Mutter und Justin und ich den
unseres Vaters. Unsere Eltern waren nicht
verheiratet und deswegen war das so. Alles
bisschen kompliziert.
Aber die Frau hinter dem Tresen sagte nur: „Es tut
mir leid, aber da müssen wir erst die Eltern des

Kindes anrufen. Also dauert es noch ein paar
Minuten.“
Justin und ich nahmen auf den Stühlen im
Wartezimmer Platz.

„Justin, wollen wir den dummen Streit zwischen
uns nicht einfach beenden und wieder ganz normal
leben? So wie immer? Wie Brüder? Ich weiß, dass
ich viel Mist gemacht habe und komme dann auch
nie wieder mit in die Vergangenheit und du kannst
dort alleine dein Zeug machen.“
„Nein Ben! Ganz sicher nicht. So einfach ist das
nicht! Der Wille dich zu zerstören bleibt. Aber ich
möchte Mama, Papa und Magdalena deinen
Anblick ersparen und werde dich deshalb in der
Vergangenheit beseitigen“, sagte Justin eiskalt.
„Und warum willst du mich überhaupt beseitigen?
Ich habe mir nichts zu Schulden kommen lassen!“,
fragte ich. Ich musste diese Frage jetzt stellen, weil
sie mir auf der Zunge gebrannt hatte. Aber Justin
sagte nur eiskalt: „Halt die Klappe!“
„Und was ist, wenn ich nicht mitkomme?“, fragte
ich weiter.
„Tja, dann werde ich wohl denselben Zauber, wie
du benutzen müssen, um dich dorthin zu schleppen!
Den Trick kann ich nämlich auch.“
So ein verdammter Mist, eigentlich wollte ich
versuchen mich mit ihm wieder zu versöhnen, aber
an seiner Wortwahl war eindeutig zu erkennen,
dass diskutieren zwecklos war. Er war erfüllt mit
Hass auf mich. Er hasste mich von ganzem Herzen.
Das war wirklich nicht mehr mein kleiner Bruder,
den ich von früher kannte. Also machte ich einfach

nur meine Beine lang und wartete darauf, dass wir
endlich zu Magdalena konnten.
Im nächsten Moment kam eine Krankenschwester
herein und fragte nach dem Besuch von Magdalena
Trell.
Wir standen auf, mussten ein Besucherformular
ausfüllen, bekamen einige Anweisungen, was wir
alles nicht machen sollten, um Magdalenas
Gesundheit nicht zu gefährden, und wurden
anschließend auf ihr Zimmer geführt.

22. Wiedersehen mit Folgen

Wir traten in das Zimmer OF.2.38 ein und sahen
ein Bett, in dem ein Mädchen lag. Das war
Magdalena.
Ihre langen, dunkelblonden Haare sahen eigentlich
wie immer wunderschön aus. Sie schlief. Und
Justin und ich wollten sie jetzt nicht wecken. Doch
mit einem Mal schlug sie plötzlich die Augen auf.
Mit einer hauchdünnen Stimme und einem
scheinbar enormen Kraftaufwand versuchte sie uns
etwas mitzuteilen: „Ben. Justin. Wie schön euch
noch einmal zu sehen...“
„Wieso noch einmal?“, warf Justin dann ein.
„Jetzt unterbrich sie doch nicht Justin! Fahr fort
Schwesterherz.“
„Die Ärzte geben mir noch etwa 24 Stunden. Nur
ein Wunder kann mir noch helfen. Und das wird
nicht eintreten. Deswegen möchte ich euch schon
hier tschüss sagen.“
Die Worte trafen mich wie ein Schuss in mein
Herz. Es tat so verdammt weh.
Im Raum war eine Totenstille. Niemand gab auch
nur einen Laut von sich. Justin hatte sich
umgedreht und starrte stur aus dem Fenster. Ich
schaute meiner Schwester und damit auch
gleichzeitig meiner besten Freundin tief in die
Augen.
Mit einem Mal konnte ich nicht mehr anders und
fiel ihr um den Hals.
Mir kamen die Tränen und ich schluchzte.

„Du bist das Beste, was mir je im Leben passiert
ist. Du bist mein Engel, meine Magdalena und
wirst es auch immer sein. Und wenn du uns
verlässt, dann will ich auch nicht mehr leben. Ohne
dich ist es sinnlos auf der Welt zu sein. Du bist
mein Ein und Alles, mein Herzblatt.“
Nun flossen auch bei Magdalena die Tränen: „Ich
weiß mein Großer, aber schmeiße dein Leben bitte
nicht weg. Nicht wegen mir. Das bin ich dann nun
auch nicht wert. Ich liebe dich Brüderchen, aber
schaue immer nach vorne. Alles wird sich ändern
und verbessern. Gib niemals auf!“
Wir lagen uns in den Armen und nässten uns
gegenseitig mit Tränen. Justin stand immer noch
am Fenster und starrte nach draußen. Er sah
allerdings nicht traurig aus. Er grinste sogar, aber
warum nur? Aber die Frage konnte ich mir auch
nicht erklären, als ich zu ihm herübersah.
Langsam ließ ich von Magdalena ab und hielt ihre
Hand. Unter Tränen sagte ich zu Justin: „Willst du
nicht auch mal etwas sagen?“
„Nein danke! Du machst das schon gut so.“
Nun wandelte sich all meine Trauer in Wut um.
Das war jetzt echt zu viel. Ich verlor die Kontrolle
über mich, rannte auf Justin los und schlug ihm mit
der Faust in die Magengrube und hielt einen
Moment inne: „Du siehst zu, wie unsere Schwester
stirbt und freust dich darüber! Ich fasse es nicht!
Du gefühlloses Monster! Du hast keinerlei Gefühle
mehr in dir drinnen! Jetzt widerst du mich echt
an!“, fauchte ich.
Nun nahm ich meine Faust von ihm weg und mit
einem lauten Stöhnen sank Justin zu Boden und

blieb mit schmerzverzerrtem Gesicht liegen. Nun wandte ich mich wieder zu Magdalena.

Sie sah schrecklich aus, aber dennoch überschattete ihre Schönheit und ihre pure Anwesenheit alle Umstände: ihre Krankheit, den Mordversuch von Justin an mir und das Röcheln von ihm im Hintergrund meiner Gedanken.
Plötzlich schlugen die Geräte, an denen Magdalena hing stark aus. Eines begann ganz laut und heftig zu piepen. Es hörte nicht mehr auf. „Was ist los?", fragte ich mich in Panik. Endlich traf eine Schwester ein und fragte: „Was habt ihr gemacht?!"
„Nichts."
„Und was macht er dort auf dem Boden?"
„Der kommt schon wieder auf die Beine, aber was ist mit Magdalena los?"
Die Schwester antwortete nicht. Sie sah nur einen roten Blutlauch an Magdalenas verletzten Arm. Schnell öffnete sie mit einigen geschickten Handgriffen den Gips und stellte Schreckliches fest: Magdalenas Arm war komplett blau angelaufen und an ihren Wunden strömte das Blut heraus.
Endlich sprach die Krankenschwester: „Sofort zur Not-OP! Vermutlich hat ihr Herz zu stark geschlagen. Vor Aufregung oder so etwas in der Art. Ihre Hauptarterien im Arm sind dadurch aufgeplatzt. Ich verstehe zwar nicht, wie so etwas passieren kann, aber ihr Herz schlägt viel zu schnell und der Blutdruck ist deshalb viel zu hoch. Pack mit an! Ich lenke vorne und du schiebst von hinten!"

Die junge Frau schlug noch schnell auf einen
Notfallknopf unter dem in Großbuchstaben „NOT-
OP" stand und forderte mich auf, Gas zu geben.
Wir rasten den Flur entlang und um die nächste
Kurve. Am Ende des nächsten Ganges empfingen
uns bereits vier weitere Ärzte und eine weitere
Krankenschwester, sie hielt mich auf und löste
mich vom Krankenbett meiner Schwester, bevor
diese in einem OP-Saal verschwand.
Die nette Frau brachte mich in ein Zimmer mit
Stühlen, Tischen, einer Küche und einer Spielecke
für Kinder. Ich setzte mich und sie sagte:
„Beruhige dich doch jetzt bitte."
Mein Herz pochte. Meine Hände zitterten und
meine Stirn war voller Schweiß. Hatte ich sie jetzt
vielleicht in den Tod gestürzt? „Ich soll mich
beruhigen! Meine Schwester wird wahrscheinlich
sterben!" „Beruhige dich jetzt bitte wieder", bat die
Schwester erneut. Ich konnte mich aber nicht
beruhigen.

23. Aufstieg in den Himmel

Die Geräte schlugen ja schließlich erst aus, als ich
Justin diesen Bauchhieb in die Magengrube
gedrückt hatte.
Jetzt hakte die Krankenschwester nach, was
eigentlich los war. „Willst du reden? Ich darf doch
du sagen oder?", fragte sie freundlich.
„Ja, kein Problem. Ich bin Ben."
„Gut, ich bin Katharina. Ist das dort deine
Schwester gewesen?"
„Ja ist sie. Sie ist meine einzige Schwester und
zugleich auch meine beste Freundin."
„Wirklich? So etwas habe ich ja noch nicht so oft
gehört. Eigentlich sind Geschwister nicht die
allerbesten Freunde."
„Nun ja, mein Bruder, der ist mein Erzfeind,
zumindest jetzt."
„Oh, ok. Das tut mir aber leid. Warum denn das?
Wie sehr könnt ihr euch denn nicht leiden?"
„Ach, wenn ich dir das jetzt alles erzähle, dann
glaubst du mir das sowieso nicht."
„Komm schon, ich höre dir zu. Vielleicht kann ich
dir ja helfen, das Verhältnis zu deinem Bruder zu
verbessern, schließlich bin ich Krankenschwester
und habe den Menschen studiert, ich weiß nahezu
alles über ihn und seinen Körper."
„Na gut, wenn du meinst."
Ich erzählte alles. Ich redete darüber, wie ich mit
ihm über den Spielplatz gerannt bin, als wir noch
kleine Kinder waren, ich erzählte wie wir uns in der

Schule gezankt haben und ich erzählte von seinem
10. Geburtstag, als sich alles verändert hat.

Seit diesem Tag verschlechterte sich die Beziehung
zwischen uns dramatisch. Ich erzählte von den
Reisen nach Frankreich und Tschechien und
letztendlich auch tatsächlich von unseren Zeitreisen
ins Mittelalterliche Dresden und das antike Rom.
Katharina hörte sich alles an. Und sie gab keine
dummen Antworten wie: „Das ist doch alles
Quatsch, was du erzählst!" oder „Das glaub´ ich dir
nie im Leben." Sie hörte sich alles geduldig an und
fragte, nachdem ich noch einmal alle Orte
aufgezählt habe, wo wir bereits waren: „Und wo ist
dein Bruder jetzt?"
„Keine Ahnung. Vielleicht liegt er immer noch in
Magdalenas Krankenzimmer oder er hat sich aus
dem Staub gemacht."
„Wie er liegt in Magdalenas Zimmer?", fragte
Katharina dann strenger. „Ich habe ihm vorhin mit
aller Kraft aus Wut und Zorn in den Bauch geboxt
und dann ist er auf den Boden gesunken. Kann
sein, dass er da immer noch liegt."
„Oh Gott, warte. Ich rufe schnell einen Kollegen
an, der dort mal nach dem Rechten sehen soll.
Welches Zimmer war es denn?", fragte sie.
„Zimmer OF.2.38."
Sie verließ kurz den Raum um zu telefonieren und
kam nur wenig später wieder zurück.
„Also dein Bruder lag immer noch dort. Er hat
gebrochen und höchstwahrscheinlich einen Riss im
Zwerchfell. Du hast ihm also ziemlich wehgetan.
Er wird jetzt auch operiert und das Zwerchfell
wieder zusammengeflickt."

„Das hat er verdient, nachdem was er mit mir
anstellen wollte und immer noch will. Was anderes
kann ich dazu jetzt nicht mehr sagen“, sagte ich
eiskalt.
„Das finde ich jetzt aber nicht fair von dir. Du
hättest ihm noch Schlimmeres antun können. Wenn
du etwas weiter oben angesetzt hättest, wären seine
Rippen jetzt wahrscheinlich gebrochen. Und diese
hätten sich dann in Lunge, Magen oder Herz
bohren können, und das ist dann schon fast Mord.“
„Hm. Ok. Aber er hat am Fenster gestanden und
gegrinst, als ich in Magdalenas Armen lag. Und da
habe ich wahrscheinlich die Kontrolle über mich
verloren. Wie kann man bitte grinsen, wenn die
eigene Schwester vor einem im Sterben liegt?!“
„Das weiß ich auch nicht.“
Plötzlich ging hinter uns eine Tür auf und ein Arzt
trat ein.
„Ben?“, sagte er.
„Ja? Wie geht es Magdalena?“
Der Arzt setzte sich dann wortlos zu uns.
Nach einigen Sekunden der Stille begann er zu
reden: „Magdalena ist tot. Es tut mir wirklich leid,
wir konnten leider nichts mehr für sie tun“,
bedauerte er und legte seinen Arm auf meine
Schulter.
Wieder war es ruhig. Keiner von uns wagte etwas
zu sagen. Der Moment war wirklich schrecklich für
mich. Ich hatte sie verloren, meine geliebte
Schwester. Meine Freundin, die immer für mich da
war.
Ich brach in Tränen aus.
Katharina legte ihren Arm um mich und drückte
mich ganz sanft. Das erinnerte mich an Magdalena.

Genauso sind wir oft durch die Stadt gelaufen. Arm
in Arm. Und jetzt war sie tot.
Magdalena war tot, meine geliebte Schwester und
meine beste Freundin zugleich. Meine Gesicht lag
mit Tränen überströmt in meinen Händen…

24. Trauerspiel

Ich hatte vor vielen Jahren einmal ein Gedicht vor
der Klasse aufgesagt und genau an dieses Gedicht
musste ich gerade denken. Unter Tränen flogen die
Wörter an meinen Augen vorbei.

Das Leben ist ein Teufelskreis,
verbunden mit viel Schmerz und Leid,
doch jeder Mensch, ja jeder weiß,
nichts hält an, nicht´mal die Zeit.

Der Mensch wird zerstört,
von der Uhr die tickt,
von dem, was er hört,
und von dem, wie er lebt.

Von andern, den es genauso geht,
von Tieren, die ihm böses wollen,
von dem, wie er im Leben steht
und von dem, was er verliert.

Wichtig ist ja nur eines was,
nämlich das, was schön mit diesem Menschen war,
so zeige diesem einfach das,
dass er das Tollste in dei´m Leben war.

Dieses Gedicht war das Beste, was ich bisher
geschrieben hatte.

Ich fand es zwar doof Bücher zu lesen oder
Balladen auswendig zu lernen, aber das Schreiben
faszinierte mich. Das Gedicht hatte ich zusammen
mit Magdalena geschrieben.

Ich schloss die Augen und stellte mir all die tollen
Dinge vor, die ich zusammen mit meiner Schwester
erlebt hatte.
Vor meinem inneren Auge lief unser Urlaub auf
den Malediven vorbei. Wir zwei waren da ganz
alleine. Nur Magdalena und ich. Ich sah, wie wir
uns an den Strand legten und gemeinsam den
Sonnenuntergang beobachteten. Es war einfach nur
wunderschön.
Ich öffnete meine Augen wieder. Meine Tränen
kullerten in Scharen meine Wangen hinunter und
durchnässten anschließend mein T-Shirt.
Es war einfach nur traurig. Es war eine Katastrophe
für mich. Und es brach mit dem Tod meiner
Schwester eine Welt über mir zusammen.

25. Frohes Wiedersehen

Es war nun zwei Tage her, als Magdalena von uns gegangen war, als auch Justin wieder aus dem Krankenhaus entlassen wurde.
Mama und Papa holten ihn gemeinsam ab.
Ich hatte seitdem nicht mehr viel gegessen, weil ich so gut wie keinen Bissen herunterbekommen hatte.
Ich war Tag und Nacht auf dem Dachboden und habe mir alte Alben von Magdalena und mir angesehen. Manchmal vergingen Stunden, in denen ich nur am Weinen war. Ab und zu gab es Momente, wo ich lächeln musste. Und von Zeit zu Zeit hatte ich einfach nur auf das Bild an der Wand gestarrt.
Plötzlich kam Justin die Treppen hinauf. Das wusste ich aber nicht und dachte mir nichts dabei.
„Hier bist du also! Du Mörder!", fauchte er.
„Ach, lass mich doch in Ruhe!", zischte ich zurück.
„Nein, vergiss es. Jetzt erst recht nicht! Du hast mich brutal ausgeknockt. Vor den Augen von Magdalena! Und nur deswegen ist sie gestorben."
„Ja klar, jetzt hack mal nicht so auf mir herum. Wer hat denn diesen beschissenen Zauber auf mich anwenden wollen, durch den das überhaupt erst passiert ist? Das warst du! Denk mal nach, bevor du etwas von dir gibst. Zum Glück bin ich schnell genug verschwunden, sodass du mich nicht mehr töten konntest."

„Als wir aber noch im Krankenhaus waren, hätte
sie es überleben können. Aber du musstest ja mal
wieder ausrasten."
„JA! Das musste ich! Weil du Vollpfosten gegrinst
hast! Ich hab's im Fenster gesehen! Hat es dir etwa
gefallen meine beste Freundin leiden zu sehen?"
„Du bist schuld und damit basta", kam es eiskalt
von Justin zurück.

„Unsere Schwester ist noch nicht ganz kalt und
unter der Erde, deine Narbe am Bauch noch nicht
einmal ganz verheilt und schon verursachst du
wieder den nächsten Stress! Du bist echt krank! Du
bist nicht mehr du! Du bist nicht mehr der Justin,
den ich von früher gekannt habe! Du bist ein
Mutant, ein gefühlloses Monster geworden und
zwar durch deine magischen Kräfte, die du auch
noch gegen mich einsetzt und missbrauchst! Du
bist kein Mensch mehr mit Verstand!", fauchte ich
zurück. Justins Gesicht lief jetzt knallrot an und er
sagte:
„Jetzt reicht es mir aber! Jetzt habe ich aber die
Nase gestrichen voll! Das war zu viel!" Er sagte
schließlich wieder den Spruch auf dem Bild auf:

So wie des Abends Morgen,
versteht sich die Welt von Anfang an.
Der Zivilisation ihre Sorgen,
dauern auch im Vergangenen an.
Oh du Sohn der Zukunft,
Nimm mich ein,
durch des Bildes heil´gen Schrein.

Ein blauer Strahl erfasste uns und sog uns ein. Ich konnte nicht mehr machen, als „NEEEEEEEEEEIIIIIIIN!!!!" schreien.
Und schon waren wir wieder in der Vergangenheit. Wieso funktionierte dieses Bild auch ohne jeglichen körperlichen Kontakt? Wo waren wir jetzt gelandet? Mexiko? Australien? Tokio? Berlin?
„Los, hoch du fauler Sack!", unsanft riss mich Justin in die Höhe und gab mir einen Fußtritt gegen mein Schienbein.
„Zieh dir die Klamotten an und dann auf in den Ring. Ich habe uns bereits angemeldet", fuhr er fort.
Widerwillig zog ich die Sachen an, die bereitlagen, und stieg in den Ring. Wir waren also bei irgendeinem Boxkampf gelandet, fragt sich nur was für ein historischer Boxkampf es war. Aber es konnte ja eigentlich nur ein Boxkampf sein, der im 20 Jahrhundert stattgefunden hatte.

Ich wollte ja kein Feigling sein, deswegen tat ich das ja auch alles. Weg konnte ich von hier ohnehin nicht. Ich wurde nämlich sofort von riesigen muskulösen Männern umzingelt, die alles genau beobachteten, was ich tat.
Ich hatte Boxsachen an. Voll unbequem und viel zu groß. Aber naja. Ich mache jetzt nur noch alles für Magdalena und nicht für mich.
Ich stieg in den Boxring und sah mich um.
Tausende Menschen saßen um mich herum.
Der Stadionsprecher sagte mit lauter und tiefer Stimme: „Kommen wir nun zu unserem nächsten

Duell: Ben TRELL gegen seinen Rivalen Justin
MÄNNEL.
„Wieso Trell? Ich heiße doch Männel. Justin will
mich sicherlich unter Druck setzen. Aber das
gelingt ihm nicht, denn ich kämpfe für meine
Schwester und damit auch sehr gerne in ihrem
Namen!“, dachte ich laut.
„HA! Kämpfe ruhig für dein liebes Schwesterchen.
Die war eh nichts wert. In wenigen Minuten werde
ich die volle und alleinige Aufmerksamkeit der
Welt und damit auch die meiner Eltern haben. Das
Duell wird weltweit im Fernsehen übertragen. Du
kannst mich nicht besiegen. Ich werde DICH
vernichten!“
Siegessicher stieg er auf die Seile die den Ring
abgrenzten und machte eine Pose die die Leute zum
Kreischen und Jubeln brachte.
Er ging wieder in seine Ecke und der Schiedsrichter
läutete die Glocke! Der Kampf begann.

26. Die Abrechnung

Justin kam mit langsamen und bedrohlichen
Schritten auf mich zu. Er sagte eiskalt: „Soll ich dir
mal sagen, warum wir uns seit unserer ersten
Zeitreise so gut verstehen?"

Er schlug das erste Mal gegen meine Deckung und
setzte sofort einen zweiten Hieb nach. Dieser
verfehlte aber zum Glück sein Ziel. „Soll ich dir
mal was sagen? Du bist ein Monster geworden!"
Justin fuhr aber dann eiskalt fort.

„Weil ich schon seitdem deine Vernichtung plane.
Mama hat dir alle Aufmerksamkeit geschenkt."
Wieder ein Hieb. Diesmal von links und dieser saß
auch. Mit schmerzverzerrtem Gesicht nahm ich
meine Ausgangsposition wieder ein. Nun war ich
einmal dran. Mit einem gezielten Schlag auf seine
Deckung und einem ungewollten Treffer der
andern Faust auf die Schläfe fiel Justin um. Er
rappelte sich aber sofort wieder auf, sodass der
Referee gar keine Chance zum Zählen hatte.

„Guter Treffer. Das reicht aber noch lange nicht,
um mich zu besiegen, Ben. Weißt du, ich habe dich
früher immer geachtet. Aber seitdem Magdalena
und du so gut miteinander auskommen, seitdem bin
ich immer mehr in den Hintergrund gerutscht und
nur noch Luft. Mama und Papa hatten nur noch
Augen für das Dream-Team der Männel-Trell-
Familie. Toll. Echt toll! Und ich, ich war der

Trottel von allen!" „Das ist es also! Deshalb willst du mich also vernichten!"

Nun wollte ich die Chance nutzen und trat Justin mit aller Kraft in den Schritt. Justin schrie auf. Er sank zu Boden und blieb liegen.

Der Referee schmiss sich daneben und zählte: „One-Two-Three-For-Five-Six-Seven-Eight-Nine-Ten-Knock Out" Justin blieb noch einige Sekunden am Boden liegen, rappelte sich aber wieder auf und machte wieder eine seiner mystischen Bewegungen. Dabei geschah etwas mit seiner noch nicht richtig verheilten Narbe, denn diese platzte langsam auf.
„Das … war nicht fair Ben!"
„Ja meinst du, dass das mit deinen Zaubersprüchen fair ist? Du solltest besser mit diesem unnötigen Kampf aufhören, deine Narbe von der Operation geht auf", warnte ich. Dies kümmerte Justin aber reichlich wenig.
„Egal! Ich werde dich jetzt vernichten. Das … war sowieso mein eigentlicher Plan. Ich wollte dich zwar eigentlich noch leiden sehen, aber wie ich sehe, dauert dir das zu lange. Und was ich dir noch sagen wollte, bevor ich dich vernichte: Im Krankenhaus habe ich so gegrinst, weil es mir gefallen hat, dich leiden zu sehen. Ha, ha, ha, ha! Und jetzt … sag adieu zu dem, was dir noch geblieben ist. Die Hölle ruft nach dir!"
„VERDAMMT! Sei doch vernünftig! HÖR AUF MIT DIESEM WAHNSINN!", schrie ich.

Justin sagte aber dann einen Spruch auf: „Ralexis
Difarexis Aralam!!!“

Ein blauer Strahl kam aus Justins Händen heraus,
aber dieser verfehlte sein Ziel, da er vor höllischen
Schmerzen zu Boden brach, denn seine Narbe von
der Operation riss auf. „JUSTIN!“, schrie ich und
rannte zu meinem jüngeren Bruder, der sich nicht
mehr bewegte. „SANITÄTER! SANITÄTER!“,
schrie ich. Justin lag nur da und regte sich nicht
mehr. „JUSTIN! JUSTIN! VERDAMMT NOCH
MAL! Steh auf!“
Anschließend sah ich, wie mein Bruder sich
langsam auflöste. Plötzlich gab es einen lauten
Knall und Justin verschwand. Dasselbe geschah
auch mit mir. Vor meinen Augen wurde es schwarz
und ich war aus der Vergangenheit verschwunden
und landete dann plötzlich wieder auf dem
Dachboden, wo das Bild hing. Aber wo war Justin?

„Justin? Justin!“, rief ich, aber dieser meldete sich
nicht. Ich stand nur da und starrte auf das Bild.
„Justin?“, rief ich nochmal.
Aber ich hörte seine Stimme nicht mehr. War er
etwa tot? War er tatsächlich im Eifer des Gefechts
gestorben?
Ich blickte dann auf das offene Album, wo ein Bild
meiner wunderschönen Schwester zu sehen war,
blickte es an. Immer und immer wieder. Wie ging
es nun weiter? Wo war Justin? Wie geht es
Magdalena? Was machen unsere Eltern? Ich wusste
es nicht. Keiner wusste das, nur das Schicksal.

Ende